류근올

달리고자 한다면 먼저 걸어야 하고,
걷고자 한다면 우선 움직여야 하듯.
사소한 움직임과 생각들로
일상의 변화를 맞이하길 바라며.

2025.02.05
눈이 내리는 좋은 날에

*

'조용한 새벽에, 나 찬란한 별로 돌아가네.' 내가 잠결에 로하에게서 온 문자 메시지를 확인했을 때는, 그가 또 어디선가 술에 잔뜩 취해 내게 쓸만한 문장을 선물한 줄로 알았다. 하지만 그가 보낸 회색 말풍선은 입으로 불어 넣어 가만두면 땅으로 가라앉는 풍선이 아닌, 놀이동산에 가면 볼 수 있는 끈을 놓는 순간 끝없이 하늘을 향해 떠오르는 헬륨가스가 들어있는 풍선이었다. 놀이동산의 풍선과 다르게 그의 풍선에는 가녀린 끈조차 달려 있지 않았다. 누구도 별을 향해가는 그의 비행을 막을 수 없도록.

가을이 들어오는 새벽에.

"까짓거 물 한 잔 들이켜고 오줌으로 싸 버려! 오줌으로도 시원해지지 않는 고민은 분명 쓸모없는 고민이야."

머리 아픈 고민으로 내가 힘들어할 때면 로하는 내게 이렇게 말하곤 했다. 그는 양면적인 삶에 긍정적인 측면을 보도록 도와주는 긍정 색안경 같은 존재였다. 모든 일에는 좋은 면이 조금씩 있기 마련이다, 라고.

메마른 땅에 시원한 비를 내려주는 축복 같은 사람. 그는 늘 유쾌하면서도 가볍지 않고 무게가 있었다. 나는 그런 로하를 친구 이상으로 동경했다. 그랬던 그가 아무런 예고 없이 자신의 집 욕조에 부르고뉴 피노 누아를 가득 채워 넣고 그 속에 몸을 담근 채 붉은 꽃향기와 함께 찬란한 별로 여행을 떠났다. 빈티지는 2016년. 그가 초등학교 교사가 되었던 해였다.

향기로운 꽃향기가 싸늘한 죽음의 향기로 뒤바뀐 현장을 처음으로 발견한 것은 그의 애인이었다. 그녀는 잠이 깬 새벽에 로하에게서 온 문자 메시지를 보고 —어떤 내용의 메시지인지는 모른다— 곧바로 그에게 수차례 전화를 걸었다고 한다. 6번째까지는 신호음이 끝까지 가더니 수신거절음이 들리고, 7번째 전화를 걸었을 때 로하의 휴대폰 전원은 꺼졌다.

'연결이 되지 않아, 삐소리 후 음성 사서함으로 연결되며...'
'전화기가 꺼져있어, 삐소리 후...'

그녀가 로하의 집 현관문을 열고 들어갔을 때의 시각은 오전 5시 20분. 그의 숨이 멎은지 20분이 채 되지 않았을 때였다. 휴대폰은 물기에 젖은 채로 그가 잠들어있는 플라스틱 욕조 위에 올려져 있었고, 욕조 등받이에 가녀린 몸을 기댄 채로 생기를 잃은 그의 얼굴은 명상하듯 편안한 표정으로 부드럽게 굳어있었다. 마치 바닷가의 모래성처럼. 그렇게 그녀는 로하의 마지막 모습을 처음이자 마지막으로 보게 되었다.

"너는 나를 얼만큼 사랑해?"

"음…"

"많이 좋아하고, 가끔 사랑해."

"무슨 말이야?"

"구름 말이야. 저 구름이 너를 좋아하는 마음이야."

"그럼, 사랑은?"

"저 구름이 무거워져 비가 내리면, 그게 너를 사랑하는 마음이야."

"웃기시네."

로하에게는 남은 가족이 없어 나와 그의 애인이 대신 장례를 치러주었다. 로하도 기억이 없다고 했던 그의 부모님은 로하가 5살 때 그를 광주의 할머니 댁에 맡겨놓고 외화를 벌어들이려 미국의 동물원으로 가던 중 비행기 추락 사고로 인해 돌아가셨다. 새 조련사이던 두 사람의 마지막 비행이었다. 유일한 가족이었던 할머니마저 로하가 대학교를 졸업했던 해에 자연사로 돌아가셨다.

"우리 할매는 복도 많지, 잔병치레 하나 없이 한순간에 픽! 전원이 꺼진 휴대폰처럼 말이야…."

나는 그의 말에 어떠한 대답도 하지 못했다.

장례를 치르는 동안 나와 그녀는 몇 마디 나누지 않았다. 각자의 아픔은 각자 가져가기로 약속이라도 한 것처럼 우리는 서로에게 위로의 말조차 아낀 것이다. 나에게도, 그녀에게도 로하의 흔적이 너무도 짙게 남아있었으니까.

그녀는 로하가 감귤을 좋아했다며 철도 아닌 감귤을 5박스나 구해와서는 조문하고 돌아가는 사람들 손에 감귤을 하나씩 쥐여주었다. 감귤을 받아 든 몇 사람은 그런 그녀가 특이하다는 듯이 멋쩍은 표정을 지어 보이며 돌아갔다.

로하의 장례를 마치고 나는 집으로 돌아와 곧바로 따뜻한 물로 샤워를 했다. 며칠간 검붉게 굳어있던 혈액이 이제야

녹아 흐르기 시작한다. 샤워기 헤드를 얼굴에 대고 물줄기를 맞는데, 코끝에 찡한 기운이 느껴졌다. 눈물이 흐르는 건가 싶었지만, 이미 수많은 물줄기가 온몸을 타고 흘러내리기에 알 수가 없었다. 어렴풋이 그런 느낌이 들 뿐이었다.

"귤 좀 가져가세요."
집에 돌아가는 길에 그녀가 내게 감귤 두 개를 건네며 말했다.
"저는 괜찮습니다. 그런데, 왜 저는 두 개죠?"
"하나는 로하가, 하나는 제가요."
"아하하, 마음만 받겠습니다. 그럼."
나는 고개를 숙여 그녀에게 인사하고 차에 탔다. 떠나며 자동차 룸미러로 보이는 그녀의 마지막 모습은 맑고 푸른 가을 하늘에 쓸쓸히 길을 잃은 한 점의 구름처럼 보였다. 아마 그녀를 다시 볼 일은 없을 것이다.

샤워를 마치고 머리카락의 물기는 조금 덜 말린 채로 잠옷을 입고, 베란다 창문을 열어 구름 없는 가을 하늘에 얼굴을 들이밀고 담배를 피웠다. 바람이 자는 탓에 담배 연기는 뱀이 나무를 기어오르는 형상을 띄며 천천히 그리고 조심스럽게 위로 피어올랐다. 피어오르는 연기를 보며 생각에 잠기는데, 연기 뒤로 희미하게 멈춰 있는듯한 연기가 보였다. 구름이다. 좀 전에 보지 못했던 길쭉한 소시지 모양의 구름이

한 점 떠 있다. 그녀를 다시는 볼 일이 없다고 생각했는데, 아까의 그녀가 아직도 나를 지켜보고 있다. 나는 담배를 꺼트리고 창문의 블라인드를 내렸다.

"그럼 매일 비만 내렸음 좋겠다."
"그럼 지칠 텐데. 비도, 너도."
"나는 안 지쳐."
"정말?"
"응, 정말. 그러니까 일분일초도 쉬지 말고 나를 사랑해 줘."
"그건 있을 수 없는 일이야. 그런 사람이 있다고 하면 그건 다 거짓말쟁이거든."

로하는 매일 글을 쓰는 나보다 문장을 짓는 능력이 탁월했다. 나는 그가 툭툭 던지는 말들을 소중히 받아내어 내가 쓰는 소설과 시에 담아 넣었고, 덕분에 내가 내는 소설과 시집은 독자들과 평론가들에게 문장이 좋다며 호평을 받았다. 한편으로는 아이들을 가르치는 초등학교 교사가 하루 종일 글만 쓰는 작가인 나보다 주옥같은 표현을 한다는 것이 질투가 나기도, 나 스스로가 부끄럽게 느껴지기도 했다.

"너는 글을 쓰는데 남 눈치를 너무 많이 봐."
그가 내게 말했다.

우리는 날짜가 다음날로 넘어가는 시간에 놀이터 벤치에 앉아 캔맥주를 마시고 있었다. 주황빛 가로등이 은색 미끄럼틀을 비추고, 사람은 우리밖에 없었다. 따뜻하게 달궈지기 시작한 봄밤의 모래바닥에는 복싱 선수에게 사정없이 두들겨 맞은 듯 형체를 못 알아볼 만큼 찌그러진 맥주캔이 8캔이나 버려져 있었다. 몇몇 맥주캔 속에는 우리가 피운 담배꽁초가 입구가 좁은 암실에서 조금 남아있는 맥주를 잔뜩 머금은 채 자그마한 구멍으로 살며시 죽음의 냄새를 뿜어댔다.

"누군가를 생각하지도 않고 내 멋대로만 글을 쓴다면 그건 그냥 일기지." 나는 그의 말을 조금 생각해 보고 대답했다.

"이미 정답을 알고 있네. 그거야, 일기." 그는 약간 신이 나 보였다.

"내 일기를 세상에 내라는 거야?" 나는 놀라 물었다.

"그렇다니까?"

"이해 못 하겠어."

"언젠가는 이해하게 될 거야."

그는 그렇게 말하고 카멜블루 한 개비를 입에 물어 불을 붙였다.

"천재는 뭘까? 재능은 또 뭐고? 평범한 사람들이랑 재능 있는 천재는 뭐가 그렇게 다른 걸까? 그저 남들보다 생각을 좀 더 오래하고, 다르게 하는 거 아닌가? 이를테면 책상을 책상으로만 보지 않고 침대 프레임, 다리만 남은 동물의 조각상, 누군가의 내면 등등... 뭐 이런 거. 평범한 사람들은 그 잘난 교육에 길들여져 아-이건 의자야, 아-이건 시계야 하고 고정관념이 박혀있을 뿐이지. 그래서 평범한 사람들은 재능 있는 천재를 보면서 대단하다고 생각하는 동시에 저건 또 무슨 미친놈인가 하는 거지."

나는 그의 말에 동의한다는 표시로 고개를 끄덕였다.

"그렇지만 아무리 뛰어난 과학자도, 음악가도, 화가도, 복싱 선수도 한낱 인간일 뿐이야." 그가 말했다.

"메멘토 모리." 내가 이렇게 말하자, 그가 곧바로 말을 이었다.

"맞아. 그러니까, 누구 눈치 보지 말고 네 마음대로 쓰라는 거야. 평가 따위는 신경 쓰지 말고. 훔쳐, 네가 좋아하는 색을. 이미 누가 쓴 빨간색이든 파란색이든 다 훔쳐서 써. 처음에는 누군가가 너에게 도둑놈이라고 손가락질할 수도 있어. 그치만 그런건 신경 쓰지 말고, 계속 이 색 저 색 훔쳐 써. 그렇게 끊임없이 섞고, 섞다보면 너만의 색이 완성되게 돼 있다는 말씀이야. 그럼 결국엔 사람들의 손가락질이 별을 가리키는 손가락질로 바뀌는거지."

"그러려면 약간의 용기와 자신감이 필요하지. 많이도 필요 없어, 아주 약간만 있으면 된다고."

"네가 예술을 안 하는 게 너무 아쉬워." 내가 말했다.

"나는 미래의 예술가들을 가르치고 있지. 그런데, 오히려 내가 아이들에게 배우는 게 많다니까. 그래서 나는 매일 아침 21명의 작고 귀여운 선생님들에게 가르침을 받는 학생의 마음으로 학교에 가지."

"그럼, 졸업은 언제 하는 거야?" 나는 어이없다는 듯 웃으며 그에게 물었다.

"내가 하고 싶을 때." 로하는 그렇게 말하고 가로등 위 달빛 아래로 구름이 흐르는 하늘을 바라보았다. 구름은 강물처럼 무한히, 그리고 천천히 바람이 부는 방향으로 떠밀려 생명이 오랜 잠에서 깨어난 봄밤의 저편으로 빨려 들어 갔다.

나는 온더록스 잔에 위스키 대신 미지근한 물을 한 잔을 따라서 책상 위에 앉았다. 오늘은 술 대신 물에 취하기 위해서다. 물은 맑고 투명해서 무엇이든 될 수 있다. 나무에 주면, 과일이 열리고, 젖소에게 먹이면 우유가 된다. 깨끗한 물을 인간에게 주면, 사랑과 분노, 기쁨, 흥분, 고독, 우울, 좌절 등 수많은 감정의 열매가 열린다. 어떤 열매가 열리냐에 따라 인간에게 들어간 물은 오줌이 되기도, 땀이 되기도, 눈물이 되기도 한다. 술을 마시면 어느 것이든 쉽게 나온다. 어떤 날에는 오줌과 땀, 눈물이 구분도 없이 쏟아져 나오기도 한다. 취할수록 무의식의 본모습이 튀어나오는데, 자신과 상대방에게 무턱대고 사랑을 고백하기도, 상처를 주기도 한다. 왜 그랬냐 물어도, 살아있는 사람은 정답을 모른다. 오늘의 나에게는 그런 술의 힘을 빌려 사랑도, 상처도주고 싶지 않다. 깨끗한 물 한 잔에 멋대로 취하며 편안한 마음으로 로하를 떠나보내고 싶다.

물잔의 물을 절반 정도 비웠을 때, 문득 그를 위한 글을 써야겠다는 생각이 들었다. 일종의 편지처럼. 당연하게도 나는 사랑하는 여자에게 말고는 누군가를 위해 글이나 편지를 써본 적은 없다. 아무래도 세상이 많이 발전한 탓에 긴 편지를 쓸 필요가 없어졌다. 단 두 글자라도 전하고 싶은 말이 있다면 곧바로 전송버튼 혹은 전화 버튼을 누르면 끝이다.

그래서일까, 여기저기 마음에도 없는 말실수가 난무하는 시대가 됐다. 발전은 늘 편리함과 동시에 새로운 문제를 낳는다.

나는 깎고 있던 모든 이야기를 멈추고, 품 안에서 새로운 돌을 꺼냈다. 크기는 그다지 크지 않은 너구리만 한크기로 집어 든다. 올가을은 따뜻하다고 하지만, 언제 날이 추워질지 모르니 그전에 이야기를 완성 시켜야 한다. 그래야만 눈이 내리는 겨울에 귤을 까먹으며 로하가 내 편지를 읽을 수 있을 것이다. 아스라이 먼 어느 별에서.

첫 문장을 생각하는데, 문득 19살에 내가 짝사랑했던 여자가 돌연 내 머릿속의 로하를 밀어내고 나타났다.
'오랜만이야.'그녀가 말한다.
'응, 오랜만이네. 얼마 만이지?' 내가 말했다.
그녀는 대답 없이 갑작스레 나타난 것과 같이 갑작스레 사라졌다. 나는 정말 물에 취한 건가 싶어 물 잔을 바라보았다. 물은 절반 정도 남아있었다. 에이.

그녀는 서울에 있다. 그녀와 마지막으로 연락을 한것은 2년 전 나를 베스트셀러 작가로 만들어준 소설 <금붕어>가 세상 밖으로 나가 헤엄을 치기 시작했을 때였다. 대형 서점 회사에서 일하는 그녀에게서 누구보다 먼저 축하한다는 연락이 왔다.

'나도 샀는데, 다음에 만나면 싸인해주는거지?' 그녀는 머리가 큰 흰색 인형이 얄밉게 웃고있는 이모티콘과 함께 메세지를 보냈다.

'당연하지. 서울에 가게 되면 연락할게.' 나는 달리 구매한 이모티콘이 없어 기본 이모티콘을 보냈다. 선글라스를 끼고 트렌치 코트를 입은 갈색 강아지가 낙엽이 흩날리는 가을바람을 맞고 있다. 역시 이모티콘은 괜히 보냈나.

그녀가 내 머릿속에 나타난 것이 무슨 의미가 있는 생각이냐, 그저 스쳐 가는 망상일 뿐이냐는 내가 어떻게 선택하느냐에 달렸다. 이번에는 전자를 선택해 보기로 한다.

잠에 들기 전, 광주에서 서울로 가는 열차표를 예매하고 그녀에게 메세지를 보냈다. '나 내일 서울에 가는데 시간 돼?' 답장이 어떻게 오건, 나는 내일 서울에 가기로 마음을 먹었다. 그녀를 만나지 못하면 그런대로 그냥 여행을 하며 글을 쓰다 돌아오면 된다. 어찌 되든 나는 갑작스레 머릿속에 나타난 그녀 생각에 어떠한 의미가 있다는 것에 배팅을 했다. 어떤 이야기든 나오겠지.

새벽 6시. 늦잠을 자기 시작한 해가 일어나기 전에 내가 먼저 잠에서 깼다. 열차는 7시 반에 출발한다. 나는 이불을 가지런히 개어놓고, 금붕어에게 이른 아침 식사를 주고 욕실로 들어가 따뜻한 물로 샤워를 했다. 수염은 아직 깎을 정도로 자라지 않아 면도기는 가방에 넣고, 대략 3일 정도 머무를 수 있는 짐을 여행용 가방에 챙겼다.

휴대폰으로 날씨를 검색해 보니 서울 날씨는 낮에는 영상 18도 밤에는 영상 7도. 낮에는 시원하고, 밤에는 제법 쌀쌀하다. 아쉽게도 내가 좋아하는 데님 트러커 재킷은 두고 녹갈색 항공점퍼를 입기로 한다. 검정색 티셔츠와 바지는 릭오웬스 데님을 입는다. 신발은 검정색 가죽 스니커즈를 신는다. 손목의 시계는 작년 생일에 큰맘 먹고 산 까르띠에 탱크로 골랐다. 덕분에 그 달에 받은 인세는 일순간 반토막이 났다. 잔고의 여유는 사라졌지만, 영원불멸의 가치를 손목에 새겨 넣은 것이다.

모든 준비는 마쳤다. 아버지께 문자 메시지를 남겨놓고 집을 나선다.

'당분간 서울에 다녀오겠습니다. 제 방에 금붕어는 이틀에 한 번씩만 4~6알씩 사료를 주세요. 요새 살이 많이 올라서요. 금붕어 밥 주시는 대신 선물로 내려올 때 위스키 한 병 사오겠습니다. 아 참, 어머니께도 말씀드려주세요.'

집에서 나왔을 때, 산등성이 뒤로 태양이 조심스럽게 잠에서 깨어나기 시작했다. 희미하게 보이는 따뜻한 햇살이라는 영화의 예고편은 나를 좋은 하루에 대한 기대감으로 가득 차게 만들었다. 휴대폰으로 택시를 부르고 7분 뒤 도착이라는 문구를 확인한 후, 담배에 불을 붙였다. 아침 이슬과 짝지어 흩어지는 담배 연기는 구름처럼 짙어 마치 내가 하늘에 떠 있는듯한 황홀한 기분이 들게 했다. 회색 풍선은 보이지 않는다. 진작에 더 위로 올라갔나 보다.

열차 출발 20분 전에 택시에서 내려 역에 도착했다. 역은 이른 아침에도 사람들로 가득 차 있었다. 나는 편의점에서 삼다수 한 병을 사들고 9번 레인 앞 벤치에 앉아 열차를 기다리며 몇몇 사람들의 옷차림을 보고 여행을 가는지, 일을 하러 가는지, 집을 가는지 그들의 목적지를 내 멋대로 생각해보며 시간을 보냈다. 머리를 짧게 자르고 옷을 단정하게 입은 청년의 목적지를 소개팅과 회사 면접 중 고민하고 있는데 열차가 도착했다. 소개팅을 타지역까지 가서 한다는 말은 들어본 적이 없었다. 역시 회사 면접인가?

달리 좌석을 확인하지 않고 표를 구매했는데 운이 좋게도 창가 좌석이었다. 머리 위 짐칸에 가방을 올려두고 무선 이어폰으로 영화 중경삼림의 OST <Frankei Chan & Roel A.Gracia>의 <Han Yu Lei>를 들었다. 영화 속 223처럼 처음 보는 여자에게 말을 걸고 싶어진다. '파인애플 좋아하세요?'

열차가 출발한다. 누군가는 꿈을 싣고, 누군가는 사랑을 싣고, 누군가는 이야기를 싣고서 모두가 정해진 철로를 따라 북쪽을 향해 나아간다. 인간이 발을 내딛는 지상에서 가장 빠른 속도로 달리는 고철 덩어리는 서서히 속도를 올리며 미련 한 점 없이 광주에서 멀어진다.

나는 늘 이곳을 떠날 때면, 두 번 다시 이곳에 돌아오지 않는 상상을 하곤 한다.

"조금만 쉬었다 가자."

"그럴까 그럼."

로하는 땀에 젖은 손으로 카멜 블루 한 개비를 꺼내 들고 영화배우처럼 폼을 잡고 피우기 시작했다.

"정상까지 얼마나 남았더라? 마지막으로 오른 게 고등학교를 졸업했을 때라 기억이 나질 않네." 나는 그의 관자놀이에 머리카락부터 턱밑까지 이어져 흘러내리는 탁한 땀줄기를 보며 물었다.

"왔던 만큼의 절반만 더 가면 정상일 거야. 내 기억이 맞다면 말이지만." 로하는 그렇게 말하고서 전날 비가 내려 생긴 산길 위 작은 물웅덩이에 담배꽁초를 살며시 띄우며 외쳤다. "출항이다!"

그가 띄운 카멜블루호는 잠깐 생겨난 손바닥만한 강위를 떠다니다 금세 침몰하는 과정을 지켜보고 있자니, 이상하게 기분이 울적해졌다. 무언가가 침몰하는, 죽어가는 과정을 아름답게 보려면 앞으로 얼마나 더 많은 물을 마셔야 하는 걸까.

그로부터 열흘이 지난 아침, 나는 로하와 올랐던 동네 뒷산을 다시 올랐다. 운동을 하거나 정상에 올라 작아진 세상을 보며 명상을 하기 위해서가 아니라, 온전히 카멜블루호의 침몰 뒤 종적이 궁금해서였다. 산을 절반 넘게 올라 나는 삐쩍 말라버린 카멜블루호의 잔해를 만날 수 있었다. 깨끗하고 순수했던 그의 꿈은 갈색빛으로 더럽혀졌고, 올곧고 단단했던 그의 몸은 불에 타 얼마 남지 않은 채 물에 젖고 마르기를 반복해 원래의 형체를 못 알아볼만큼 만신창이가 되어 있었다.

 강이 메마른 손바닥만 한 웅덩이에는 새싹들이 나기 시작해 카멜블루호의 죽음을 아름답게 장식해 주었다. 일개미 몇 마리가 거대한 카멜블루호의 잔해 옆을 지나간다. 나는 주머니에서 라이터를 꺼내 얼마 남지 않은 그의 미련에 불을 붙여 주었다. 그는 고소한 죽음의 향기와 함께 연기를 피워 올리며 태초에 있던 바람의 품으로 돌아갔다. 먼 훗날 재와 같은 회색빛 털이 내 온몸을 뒤덮을 때면, 나도 그와 같이 바람의 품으로 돌아가리라.

잠에서 깼을 때, 열차는 출발한 지 1시간 20분이 지나있었다. 귀에 꽂은 무선 이어폰에서는 중경삼림 OST 앨범 마지막 곡 What a difference A Day Made 를 훌쩍 넘어 비틀즈의 Yesterday 가 흘러나오고 있었다. 흑백의 폴 매카트니가 노래하는 모습이 머릿속으로 잠깐 스쳐 갔다.

출발했을 때 비어 있던 옆자리에는 점잖은 분위기가 풍기는 노신사가 앉아 있다. 그의 반짝거리는 롤렉스 금시계와 큼지막한 오닉스를 품고 있는 금반지를 보고서 나도 저 나이쯤 되면 저렇게 반짝거리는 금빛 롤렉스에 큰 보석이 달린 금반지를 차고 있으려나, 하고 생각했다. 품질이 제법 좋아 보이는 품이 큰 회색 울 정장에 와인색 체크무늬 셔츠, 갈색 양모 페도라, 토 캡이 둥글고 부풀어 올라 각이 잡혀있는 검정색 가죽 스니커즈. 신사라는 말이 아주 적합한 노신사였다. 심지어 가죽 스니커즈도 구두약을 발라 관리를 하는 것인지 토 캡은 거울처럼 반짝이며 기차 안의 작은 세상이 담겨있었다.

나는 노신사에게 양해를 구하고 조심스레 그의 무릎 앞 공간을 넘어 화장실을 다녀왔다. 화장실을 다녀오는 길에 열차 칸 끝부분에 아까 보지 못한 매력적인 여자가 있다. 나이는 20대 중반쯤으로 보인다.

그녀는 기초영어를 배우는 책 첫 번째 A 에 있는 APPLE 의 사과 그림 색과 같이 쨍한 빨간색 가디건을 입고 있었다. 덕분에 자리로 돌아가는 중에 모든 내 시선과 관심은 아침 사과 같은 그녀에게 빼앗기고 말았다. 잠시나마 그녀에게 말을 걸어볼까도 생각했지만, 열차 안에서 여자에게 작업을 거는 것은 매너가 아니기에 단념했다. 그랬다간 옆자리 노신사에게 그런 건 신사에 어긋나는 행동이라며 한바탕 꾸중을 들을 것만 같았다.

자리에 앉기 전 가방에서 책을 꺼내 읽으려 짐칸 위에 올려둔 가방을 열었다. 그런데 책이 없다. 분명히 읽을 책을 챙겼다고 생각했는데, 가방 안에 책이 없었다. 나는 여행을 하는 동안 나쓰메 소세키의 풀베개를 읽지 못한다는 사실이 아쉬워 서울에 도착하는 대로 가까운 서점을 찾아 새로 사 읽을까도 싶었지만, 그렇게 하는 순간 비인정이 흐트러지기 때문에 이번 여행에서는 읽지 못하는 대로 만족하기로 한다.

단념을 하고 얌전히 자리에 앉아 열차의 사과같은 여자를 잠깐 생각하고 있는데, 그런 나의생각을 누군가 하늘에서 내려다 본 것인지 짝사랑의 그녀에게서 답장이 왔다.
'오늘? 언제 오는데?'
'저녁엔 회식이 있어서 안될 것 같고, 점심시간에 밥 먹는 건 될 것 같은데.'

좋다. 아침에 본 햇살의 예고편이 나를 실망 시키지 않았다.

'나 9시 반에 도착. 그럼, 점심 먹을까?'

'좋아. 나 점심시간 11시부터 1시까지야.'

'나도 좋아. 11시까지 그 앞으로 갈게.'

'어딨는지 알아?'

'아니, 이제 알려줘야지.'

그녀는 전과 같은 머리가 큰 흰색 인형 이모티콘을 보냈다. 이번에는 인형의 머리 위에 작은 물음표 하나가 떠 있다.

'은정역 3번 출구. 바로 앞 건물이 내가 일하는 곳이야.'

나는 별다른 답장을 하지 않고 휴대폰을 주머니에 넣었다.

햇살에 떠다니는 먼지처럼 희미한 기억이 열차의 전등 밑으로 아른거린다. 그녀를 처음 만났을 때, 나는 버스를 타고 그녀의 학교 앞에 내려 비 갠 뒤 젖은 보도블록 위에 발을 동동 구르며 그녀를 기다렸다. 친구에게 그녀를 소개를 받아 연락만 하며 지내다가 그녀의 학교가 끝나고 우리는 잠깐 만나기로 한 것이다. 당시에 내가 다니던 고등학교의 교복은 흡사 공장 인부의 작업복처럼 실용성에만 치중했기에 디자인은 단조로웠다. 나는 그런 교복이 촌스럽다고 느껴 처음 만나는 그녀에게 잘 보이고 싶은 마음에 야간자율학습을 도망쳐 나와 집에서 교복을 벗어놓고, 나름 최고로 멋진 착장으로 갈아입고 나갔다. 너무 오래전 일이라 자세히 기억이 잘 나지 않지만, 자켓은 코랄색 자켓을 입었던 것 같다.

슬프게도 화려했던 옷과는 반대로, 나는 그녀를 만나 그녀에게 제대로 된 말 한마디를 건네지 못했다. 여자를 대하는 것이 어려워서가 아니라, 벚꽃 같은 그녀에게 첫 눈에 홀려버리고 만 것이다. 가로등 불빛 아래로 분홍빛이 감도는 그녀의 아름다운 미모는 그때까지 내가 보았던 여자들은 조화에 불과했다고 알려주는 것 같았다. 19년 인생 처음으로 생화를 마주한 나는 모든 용기와 자신감을 모두 잃어버리고 넋을 놓아버렸다. 분명 내 두 눈은 별처럼 반짝였으리라. 그당시 신을 믿었던 나는 신께서 정말 무심도 하시구나, 하고 생각했다. 사랑의 여신을 눈앞에 두고서 한마디 말조차 못하게 내 입을 틀어막고는 그저 두 눈으로만 꽃의 아름다움을 바라보는 것에 만족하라니.

"나 이제 들어갈게." 그녀가 말했다.

나는 그녀의 인사에 대답하지 못했다. 인사랍시고 수업 시간에 질문이 있는 학생처럼 손을 들어 그녀에게 손바닥을 보였을 뿐이었다. 그녀가 보기에도 분명 내 얼굴은 궁금한 게 많은 학생처럼 보였을 것이다. 선생님이라도 수업 시간 외 질문은 잘 받아주지 않는다.

4월의 벚꽃이 진 어느 날, 나와 그녀가 함께한 시간은 젖은 보도블록 사이에 낀 벚꽃잎처럼 흔적도 없이 땅속으로 사라지고 말았다.

열차는 오전 9시 21분에 서울역에 도착했다. 나는 가방을
챙겨 역 앞 택시 승강장에서 택시를 타고 그녀가 있는 은정
역으로 갔다. 택시를 내려 은정역 3번 출구 앞 그녀가 일하
는 건물 앞에 도착했을 때의 시각은 오전 10시가 채 되지 않
았다. 나는 먼저 정확한 위치를 미리 확인하고, 근처 커피숍
에 가서 글을 쓰며 그녀를 기다리기로 했다.

그녀가 일하는 빌딩은 피낭시에를 우뚝 세워놓은 듯한 모
양이었다. 대형 서점 회사에 걸맞게 건물 높이는 어림잡아
20층 정도 되어 보였다. 나는 거대한 피낭시에에 나 있는 창
문들을 올려다보며 그녀의 자리는 어디쯤에 있을까 생각해
보았다. 조도와 온도가 적당한 아침 햇살이 아래서부터 삼
각형 모양으로 건물 창문에 스며들고 있다. 면적은 빌딩의
절반에 그치지 못한다. 햇살이 비쳐 드는 따스한 곳에 그녀
에 자리가 있었으면 좋겠다, 고 생각했다. 고개를 내렸다. 어
딘지도 모르는 그녀의 자리를 얼마동안이나 올려다 보았는
지 고개가 아파왔다.

그녀에게 도착했다는 메시지를 남겨놓고, 길을 건너 빌딩
맞은편에 골목으로 들어갔다. 근처에 대형 프랜차이즈 커피
숍이라면 많이 있었지만, 오늘만큼은 이곳에만 있는 커피숍
을 찾아가고 싶었다. 폭이 넓은 골목은 내리막으로 경사가

져 있어 여유롭게 산책을 하는 느낌이 들었다. 주변의 거대한 건물들이 골목에 비쳐 드는 햇살을 전부 가려 짙푸른 그림자가 깔려있는 골목길은 제법 쌀쌀했다.

식당들은 곧 시작될 점심시간을 분주히 준비하고 있었다. 몇몇 가게는 환풍구로 맛있어 보이는 연기가 부드럽게 흘러나왔다. 200m쯤 앞에서는 형광조끼를 입은 인부들이 도로를 포장하고 있었다. 나는 공사 현장 5m 정도 가까이 다가가 인부들이 담배를 피우는 타이밍에 맞춰 나도 담배에 불을 붙였다. 모르는 사람과 타이밍을 맞춰 담배 피우는 것은 일종의 친밀감을 준다. 대체로 술집 앞에서 그런 일이 많은데, 아직까지 눈치를 챈 사람은 없었다.

공사 장비 뒤로 어렴풋이 커피숍 같은 것이 보인다. 역시 오늘 하루는 운이 좋다. 그녀를 기다리며 로하의 편지를 써 내릴 커피숍을 찾았다. 간판에는 '은정 카페'라고 적혀있다. 이름도 시원시원하고 좋다. 크기는 10평 남짓 안되어 보이고, 안에 손님은 없었다. 테이크아웃 전문 커피숍처럼 보이지만, 엄연히 야외에 두 개의 테이블이 있다. 나는 커피숍에 들어가 아이스 아메리카노를 주문하고 나와 야외 테이블에 가방을 내려놓고 가방에서 만년필과 노트를 꺼냈다. 따로 진동벨은 받지 않았는데, 카페 안을 들여다보니 이미 내 커피가 준비되어 있었다. 역시 한국은 빠르다.

커피를 가져와 자리에 올려두고 노트를 펼친 다음 만년필 뚜껑을 열어 뚜껑을 가지런히 세워놓고 글을 쓰기 시작했다. 커피는 조금만 마신다. 사실 나는 커피를 그다지 좋아하지만, 물을 사 먹고 싶어도 대형 프랜차이즈 커피숍이 아니고서야 에비앙이나 페리에 같은 구매해서 마실 수 있는 물이 구비되어 있지 않아 어쩔 수 없이 가장 기본적인 아메리카노를 주문한다. 여러 가지 차도 마셔보고, 빵이나 쿠키를 사 먹어보기도 했지만, 역시나 자릿값에는 아메리카노만한 게 없다. 딸기라떼 보다는 아메리카노를 옆에 두고 글을 쓰는 것이 제법 작가처럼 보일 것이다.

< 짙은 밤하늘, 시간은 그런 검은 밤 하늘에 물감에 물을 섞어 색을 묽어지게 하듯 미래를 조금씩 섞어 푸른 새벽의 색으로 옅어지게 만들고 있었다.

남자는 우주선에 연료를 채워 넣고 있다. 우주선을 만든 회사 <스리 플리퍼 스페이스숩> 는 공식적으로 스페인의 템프라니요 품종의 와인만을 연료로서 채택하고 있다. 따로 우주선을 개발한 엔지니어의 취향은 아니고, 엔지니어가 술에 취해 이것저것 넣다 보니 가장 이상적인 연료를 발견한 것이라고 한다. 사실인지는 모르겠다. 얼핏 들은 바로 누군가는 템프라니요가 다 떨어져, 싸구려 카베르네 소비뇽을 넣었는데, 가성비가 끝내주게 좋아 아직도 우주를 떠돌고

있다는 이야기가 있다. 무려 6년전에 떠돌던 소문이었다.

　남자는 연료를 다 채우고 남은 와인을 털어 마시고는, 우주선의 사다리에 올라탔다. 그때, 우주복 안 주머니에서 진동과 함께 전화벨 소리가 울린다. 남자는 휴대폰을 꺼냈다.

"여보세요?" 남자가 말했다.

"볼 수 없을까?" 전화를 건 여자가 말했다.

"지금은 곤란한데."

"언제 다시 돌아올지 모르잖아."

"알겠어." 남자는 한참을 고민하고서 대답한다.

전화를 끊고 남자는 하는 수 없다는 듯이 사다리에서 내려와 집으로 돌아가 우주복을 벗어놓고 외출복으로 갈아입었다. >

　애인이나 친구, 동료 등 여자를 기다리는 일은 언제나 설레인다. 게다가 그 여자가 내가 짝사랑했던 여자라면 더할 나위 없다.

　그녀가 있는 은정은 어떤 곳일까 하고 생각하고 있는데, 내 앞에 중국인 커플이 담배 연기를 내뿜으며 커피숍 앞을 기웃거렸다. 바로 앞에서 들려오는 중국말에 내 눈앞에 펼쳐지는 풍경이 장가계로 뒤바뀐다. 사실 나는 장가계가 어떤 곳인지 모른다. 언제 어디선가 한번 들어본 이름인데 단어에서 주는 중국스러움이 제법 잘 어울려 기억하고 있다. 휴대폰을 꺼내 웹사이트에 장가계를 검색해 본다. 이런, 내가 생각했던 분위기와 전혀 다른 분위기다. 내가 생각했던 장가계는 중국 도시 안에 정이 가득한 시장 골목 같은 분위기였는데, 사진으로 보이는 장가계는 두보나 왕유 같은 시인이 구름 비슷한 것을 타고 여유로이 시를 지을 것만 같은 천국이나 꿈의 세계 같은 곳이었다.

손목의 시계는 그녀를 기다리는 내 마음을 보여주듯 분침이 제시간보다 2칸이나 앞서가 있었다. 마음이 다급하면 어떤 일이든 그르치기 마련이다. 나는 마음을 차분하게 가다듬고, 시계를 풀어 헤쳐 용두를 돌려 분침을 시간에 맞게 제자리로 돌려놓았다.

오전 10시 50분, 그녀에게서 메시지가 왔다.
'뭐야, 왜 이렇게 빨리 왔어? 나 곧 내려가.'
나는 곧바로 쓰던 글을 멈추고 카페를 나와 다시 경사를 올라 그녀가 있는 곳으로 갔다.,

그녀보다 먼저 건물 앞에 도착해 빌딩 앞에 심어진 알록달록한 꽃들을 보고 있는데, 옆에서 인기척이 느껴졌다. 꽃을 보고 있는데 사계절 내내 지지 않는 꽃이 내게로 다가온 것이다. 록 음악을 좋아하는 그녀는 음표와 같은 색으로 모든 옷을 가꾸어 입었다. 가죽 블레이져 재킷, 울 니트, 부츠컷

데님, 끝이 뾰족한 첼시부츠. 모두 목련과 같이 밝은 그녀의 피부색과는 대비되는 블랙이다.

"안녕"

내가 말했다.

"안녕"

그녀가 말했다.

"되게 오랜만이네, 몇 년만이지?"

그녀가 미소를 지어 보이며 물었다. 미소는 꽃잎처럼 엷게 흔들렸다. 나는 엷게 흔들리는 미소에 홀려 5초 정도 늦게 대답했다.

"글쎄, 한 3년 전이던가. 네가 광주에 내려왔을 때가"

"맞아. 그쯤 되겠다."

"뭐 먹지, 초밥 괜찮아?"

"나 초밥 좋아해." 그녀는 내 말에 별다른 대답을 하지 않고 걷기 시작했다. 나도 그런 그녀 옆에서 나란히 걷기 시작했다.

"서울엔 무슨 일 때문에?"

"그냥, 꽃이 시들기 전에 보고 싶어서."

"누가 꽃을 보러 서울에 와?" 그녀는 의아하다는 표정을 지었다.

"뭐, 빌딩 앞에도 있던데."

"그거? 그런 거라면 광주에도 많잖아?"

"없는 꽃이 있던데."

"무슨 꽃인데?"

"이름은 모르겠어."

"사진 찍어서 검색 해보지."

"모르는 대로도 좋아서."

그녀와 나란히 15분 정도 걸으니 초밥집에 도착했다. 가게
는 골목길 깊숙한 자리에 있었다. '피쉬 초밥' 이 역시 이름
이 간단명료하고 시원시원하다. 은정이란 곳이 좋아지기 시
작했다. 모든 것이 내 마음에 든다. 그녀와 나는 2인 테이블
에 자리를 배정받고 나는 특모듬 초밥, 그녀는 피쉬 초밥과
제로 코크를 주문했다.

점심시간에 알맞게 가게 안은 사람들로 가득 차 있었다. 벽
면에는 일본의 지브리 만화영화 사진이 정갈하게 붙어있
고, 큼지막한 일본 맥주회사 포스터가 듬성듬성 붙어있었
다. 가게 안쪽 수조에는 광어로 보이는 물고기 서너 마리가
수조 바닥에 누워서 꼬리를 흔들고 있다.

"요새는 무슨 글을 써?"

그녀가 쇠 컵에 물을 따르며 내게 물었다.

"한 남자의 꿈에 대한 이야기."

나는 잠시 망설이다 대답했다. 차마 그녀에게 죽은 친구에

대한 이야기를 쓰고 있다고 말할 수 없었다.

"꿈? 구로사와 아키라의 '꿈' 같은 거 말이야?

"아니 그런 건 아니야."

"오, 어떤 내용일까 기대되는데."

"따로 공개는 안 할생각이야."

"응? 왜?"

"혼자서만 읽고 싶은 이야기라서."

"그럼 일기같은거네?"

"맞아, 일기."

그녀와 눈이 마주친다. 그녀의 부드러운 입술이 호기심이 깃들어있는 미소가 나타날 듯 말 듯 떨린다. 나는 눈과 고개를 비스듬히 밑으로 내렸다.

"그렇게 말하니까 더 궁금하네. 나한테만 몰래 '특별 공개' 그런 건 안 되나?" 그녀는 장난기 있는 표정으로 나를 보며 말했다. 호기심의 미소가 나타났다.

"한번 생각해볼게." 나는 예의상 고개를 끄덕거리며 말했다.

"좋아. 참, 우리 팀장님이 완전 너 팬이야. 특히 '금붕어' 그 책을 항상 챙겨 다니시면서 직원들끼리 식사를 하고 카페를 갈 때나 회식을 할 때 한 번씩 읽고 계신다니까. 들리는 소문으로는 화장실에 가실 때도 들고 가신데."

"하하, 감사하긴 한데, 좀 부담스럽네."

"그런가? 나 같으면 당장 가서 싸인이라도 해주겠다."

"그런가?"

"당연하지, 고맙잖아."

"그렇긴 하네."

 주문했던 초밥이 나오고, 나와 그녀는 음악과 영화에 대한
이야기를 하며 식사를 했다. 그녀는 내가 알고 있는 여자 중
에 나와 가장 문화적인 취향이 잘 맞는 여자였다. 짝사랑했
을 당시에는 몰랐다. 그때는 그냥 이뻐서 좋아했다.

"너 영화 <헤어질 결심> 봤어?"

젓가락으로 새우 초밥을 집어 들고 그녀가 물었다.

"한 세 번 정도 봤으려나."

나는 물을 한 잔 마시고 대답했다.

"진짜? 나 그 영화 진짜 좋아하는데."

"원래도 왕가위의 <화양연화>를 좋아하거든. 왠지 비슷한
분위기라."

"오, 신기한데."

 그렇게 말하고 얼마간 눈이 휘둥그레 커지는 그녀의 모습
은 귀여웠다. 그런 그녀의 모습을 보는데, 그녀에게서 영화
에 등장하는 여주인공의 모습이 겹쳐 보였다. 투명하고 연
약하다. 자칫 말랑해 보이기 쉽지만, 속은 복숭아 씨앗처럼
단단하다. 아름다운 풍경을 담고 있는 유리창 같은 여인이
다. 나는 또 그녀에게 홀려 눈 깜빡이는 것을 잊어버렸는지

갑작스레 눈이 건조해져 주머니에서 인공눈물을 꺼내 넣었다.

 식사를 마치고, 그녀의 점심시간이 30분 정도가 남아 그녀의 회사와 가까운 커피숍을 갔다. 가는 길에 건물 사이로 비쳐 드는 햇살은 가로수와 나란히 걷는 우리에게 따뜻함을 선물했다. 건물이 만들어 내는 그늘 밑은 시원했다. 머릿속에 붉은색과 푸른색이 서로 교차한다. 두 색은 결국 하나로 섞여 들어 꿈처럼 신비한 연보라색이 된다. 그녀와 나란히 걷는 지금, 이 순간을 영화로 만든다면, 연보랏빛이었으면 좋겠다고 생각했다.

"오늘은 이제 뭐 하려고?"
그녀가 유리컵에 담긴 아이스 아메리카노를 들어 한 모금 마시고 그녀가 말했다. 빨대는 사용하지 않고 트레이에 올려져 있다.
"별 계획 같은 건 없어, 따뜻한 햇살 밑에 있다가 더우면 시원한 그늘 밑으로 가고 시원한 그늘 밑에 있다가 추우면 다시 따뜻한 햇살 밑으로 가는 거지."
나도 그녀를 따라 빨대를 사용하지 않고 커피잔을 들어 한 모금 마시고 말했다. 트레이 위에 사용하지 않은 두 개의 새 빨대가 나란히 놓여져있다.
"역시 너는 내가 아는 사람 중에 가장 집시같아."

"하하하, 그런가. 그렇게 살아가려고 노력은 하지."

"요즘 만나는 여자는 없고?"

"응. 집시라 그런가. 사랑도 한곳에 정착을 못 하네."

"넌?" 내가 그녀에게 물었다.

"그러게, 나도 없네. 짧게 스쳐 가는 사람들뿐이야."

"벚꽃잎."

나는 이렇게 말하고 남은 아메리카노를 입에 털어넣었다.

< 커피숍, 두 남녀가 서로를 마주 보고앉아 있다. 그들은 사랑의 방랑자들이다. 서로의 눈이 마주치는 순간, 시간과 공간은 그 의미를 잃으며, 순간을 붙잡고 싶은 욕망이 피어난다. 하지만 남녀는 확신의 눈빛을 의심한다. 서로의 마음을 입 밖으로 꺼내지 못한다. 사랑의 저주에서 벗어나지 못하는 것이다. 여자는 생각한다. 지금은 너무 늦어버렸다고. 남자는 생각한다. 이미 오래전에 끝이 난 것이라고. 두 남녀는 눈에 보이지 않는 생각에 가로막혀 눈앞에 보이는 사랑을 놓치고 있다. >

손목의 시계를 내려다봤다. 강렬한 햇빛이 시계 유리에 반사해 따갑게 눈을 찌른다. 시간을 보기 위해 손목을 살짝 돌렸다. 시간은 벌써 그녀의 점심시간이 끝나기 10분 전이었다. 얄밉게도 이번에는 손목시계의 분침이 한 치의 오차도 없이 정확하다. 용두를 돌려 시간을 뒤로 돌릴까도 생각했

지만, 의미 없는 일인 것을 알고 그만두었다.

나는 그녀에게 이제 가자고 말했다. 따사로운 가을 오후 느긋하게 녹아내리는 유리잔 안의 얼음을 질투하면서.

"오늘 퇴근하고는 뭐해?"

그녀의 회사를 바래다주는 길에 내가 물었다. 나는 저녁에 그녀가 회식이 있다는 걸 알면서도 물었다.

"오늘 회식. 진짜 싫다. 아."

그녀는 넌덜머리가 난다는 듯 소심하게 한탄을 했다.

"재밌겠네."

"아닐걸."

나는 마음속으로 그녀의 회식이 취소됐으면 좋겠다고 생각했다. 그녀의 회식이 취소된다고 나를 만나라는 법은 없지만, 그렇게 된다면 왠지 그럴 것만 같은 예감이 들었다.

"안녕"

그녀가 인사한다.

"안녕."

내가 인사했다.

그녀가 빌딩 안으로 들어가고, 나는 빌딩 앞 벤치에 앉아 카멜 블루를 한 개비 꺼내 피웠다. 파란 가을 하늘 위로 푸른 담배 연기가 피어오른다. 회색 풍선보다 가볍게. 언제 다시 볼 수 있을지 모를 꽃을 떠올리며 떠오르는 생각을 멈추고 로하에 대한 생각으로 넘어가려는데, 왼쪽에서 달콤한 향기가 났다. 꽃향기라고 하기에는 독하고, 향수라고 하기에는 입자가 짙고 텁텁하다. 향기가 나는 곳을 좇아보니 벤치 끄트머리에서 어떤 남자가 캡슐 담배를 피우고 있었다. 나이는 30대 후반에서 40대 초반으로 보인다. 레드와인색 체크무늬 셔츠에 경량 조끼 패딩을 입었다. 그의 옆에는 책이 한 권 놓여져 있었다. 무슨 책인지 나는 곧바로 알아볼 수 있었다. 끝없이 넓은 세계를 헤엄치고 있는 나의 금붕어 중 한 마리였다. 조금 떨어진 곳에서 보이는 금붕어는 횟감의 생선보다 더 처참히 비늘이 벗겨진 채로 벤치에 누워있었다.

내 추측이 맞다면, 이 남자는 아까 그녀가 말한 그녀 회사의 팀장일 것이다. 나는 낯선 곳에서 만나는 금붕어가 반갑기도 하고, 아까 그녀가 했던 말이 생각나 절반 정도 피운 담배를 버리고 그에게 기분 좋은 마음으로 다가갔다.

"이 책 재밌죠." 내가 이렇게 말을 걸자, 남자는 고개만 돌려 나를 쳐다봤다.

"아, 이거요? 진짜 재밌는 책입니다. 그쪽도 이거 보셨어요?" 그는 약간 흥미로워하며 내게 물었다.

"저는 조금 읽다가 우울한 기분이 들어서 포기했습니다. 그런데 조금만 봐도 재밌더라고요." 나는 세상에 모습을 드러낸 적이 없기 때문에 독자들은 내가 어떻게 생겼는지 모른다.

"아이고야, 그 뒤부터가 진짠데. 한번 끝까지 읽어보세요. 저는 이 책 너무 감명 깊게 읽어서 이렇게 항상 들고 다니면서 수시로 아무 곳이나 펼쳐서 읽어요. 책 속 아무 문장이나 읽으면 마음이 편안해진달까요. 제가 살다 살다 이것 때문에, 집에 어항까지 사서 금붕어를 키운다니까요!"

그는 약간은 흥분한 것처럼 보였다. 조금 무서웠다.

"다름이 아니라 제가..."

내가 이렇게 말하자 그는 휴대폰을 든 손을 허벅지에 내려놓고 귀를 기울이듯 머리를 살짝 내 쪽으로 가져다 댔다. 어떻게 말하면 내가 책의 작가라는 것을 알리지 않고 책에 내 싸인을 해줄 수 있을지 생각했다.

"다름이 아니라 제가 작가랑 친한 친군데 제가 그 녀석 싸인을 기가 막히게 잘 따라 쓰거든요. 어떻게, 실력 한번 보실래요?"

말하면서도 나 스스로가 정말 이상하다고 생각했지만, 말은 이미 던져졌다. 돌이킬 수 없다. 영화 맨 인 블랙에 나오는 기억 제거 장치라도 있다면 여러 가지 말을 시도해 보고 최선의 선택을 했겠지만, 아직까지 현실에 그런 장치는 없다. 이 남자가 나를 어떻게 보아도 별수 없다.

"와아! 진짜요? 저야 좋죠! 진짜는 아니더라도 작가분 친구
시라면 뭐 절반 정도는 진짜죠. 하하하하."
남자가 해맑게 웃으며 말했다. 미친놈과 특이한 사람의 만
남이다. 물론 미친놈이 내 쪽이다.

나는 가방에서 만년필을 꺼내 들어 비늘이 벗겨진 그 남자
의 금붕어를 살며시 펼쳤다. 책을 열자, 색지 위쪽에 '이제는
그만 꿈에서 깨어났으면 좋겠어.' 라고 볼펜으로 적은 듯한
정갈하고 이쁜 글씨가 새겨져 있다. 나는 잠깐 고개를 돌려
남자를 본다. 남자는 웃고 있다. 이 남자가 적은 것일까, 아
니면 이 남자에게 책을 선물한 누군가가 적은 것일까. 누가
적었든 간에 문장에서는 손을 뻗치기조차 못할 아픔이 느껴
졌다. 나는 아픔에서 최대한 멀리 떨어진 아래로 도망쳐 싸
인을 했다.
"자, 여기 있습니다. 다음에 기회가 된다면 원본이랑 비교해
보세요, 정말 똑같습니다. 하하하, 금붕어 잘 키우세요."
나는 이렇게 말하고 자리에서 일어났다.
"오와우! 전에 싸인 본을 한 번 본 적이 있는데, 정말 비슷한
것 같아요. 감사합니다. 반가웠어요!" 마지막까지 그의 얼굴
에는 미소가 꺼지지 않았다. 그의 미소에 나도 덩달아 기분
이 따스해졌다.

해맑은 나의 응원단장과 짝사랑의 그녀가 있는 빌딩을 뒤로하고, 나는 당분간 묵을 숙소를 찾으러 떠났다. 짐이 담긴 가방을 계속 들고 다니다간 오늘 저녁쯤엔 어깨가 빠진 채 병원 침대에 누워 있을 것만 같았다. 운이 좋게도 그리 멀지 않은 곳에 건물 디자인이 마음에 쏙 드는 호텔이 보인다. 40년은 된 듯한 오래된 구식의 호텔이었다. 아직 해가 지기 전인데도 주황색 간판의 네온사인이 켜져 있다. '호텔 더 소뇨' 이름은 좀 마음에 안 들었지만, 녹아내린 가나 초콜릿 모양을 한 건물 디자인이 내 취향이었다. 나는 세월의 흔적이 있는 곳을 좋아한다. 객실이 청결하다면 좋겠지만, 그것까지 바라는 건 욕심이다. 무언가 바라는 것이 생기는 순간 낭만은 철저하게 으스러지는 법이다.

"안녕하세요." 나는 호텔로 들어가 프론트 앞에 서서 말했다. 프론트에는 아무도 없었다. 몇 초 뒤 프론트 옆문에서 젊은 남자가 나왔다.

"안녕하세요. 예약하셨을까요?" 남자는 무언가를 거의 다 씹은 듯한 소리를 내며 한 손으로 입을 가리고 말했다. 식사 중이었던 모양이다.

"아니요, 밖에서 방금 보고 들어왔습니다."

"1박에 10만 원입니다."

"따로 객실마다 차이는 없나요?"

"있는데, 워낙 오래돼서 지금은 그냥 정해진 가격에 날마다 선착순으로 좋은 방 드려요."

"저는 몇 번째입니까?"

"제일 좋은 방입니다. 아직 오후 2시도 안 돼서."

"연박을 하고 싶은데, 그럼 내일은 또 다른 방으로 **초기화**되는 건가요?"

"그건 아니에요." 남자는 귀찮다는 듯이 대답했다.

다행이다. 하마터면 가장 좋은 방을 유지시키기 위해 아침마다 프런트에 내려가서 새로 결제를 할 뻔했다.

나는 3박의 요금을 지불한 뒤, 카운터에서 객실키를 받아 엘레베이터를 탔다. 520호. 층마다 객실이 20개나 있어 보이지는 않았는데 올라가 확인해 보니 층에는 총 7개의 객실이 있고, 객실 번호는 십의 자리 숫자가 올라가는 형식이었다. 510, 520, 530⋯⋯.

제일 좋은 방이라 그런지, 운 좋게도 객실 안은 넓고 청결했다. 욕심을 버리니 행운이 찾아온 것이다. 나는 기분 좋게 가방을 내려두고 침대에 드러누웠다. 집이라면 외출복을 입고 눕는 것이 허락되지 않지만, 호텔에서만큼은 허락하고 싶다. 어차피 오늘 내가 잘 곳이라 하더라도 말이다.

나는 삼십 분쯤 침대에 누워 피로를 회복하고 테이블에 앉아 글을 썼다.

< "어째서…."

여자가 말을 하려는데 남자가 말을 가로막는다.

"내가 말할게."

남자는 얼마간 뜸을 들이고 말을 하기 시작했다.

"어째서 어디로 가는지 말해주지 않는 거냐고? 어딘지 말하면 네가 따라올게 분명하니까."

여자는 고개를 저었다.

"아니야, 그게 아니야. 네가 어디로 가는지는 알 필요 없어. 그게 어디든, 나는 알 수 있거든. 단지 나는 어째서 네가 마음에 있는 말을 한 번도 내게 하지 않느냐는 거야. 단 한 번도. 역시 시간이 많이 지나버린 탓이야?"

"이미 끝이났으니까." 남자가 말했다.

"그럼 너는 왜 그런 눈으로 나를 보는 건데?"

"모르겠어." >

호텔 밖을 나섰을 때 시간은 오후 5시가 좀 넘었다. 해는 도심의 사람들과 퇴근 시간을 점차 맞춰가기 시작해, 사람들이 퇴근하고 집으로 돌아가는 길에 아름다운 모습을 보여주려 적당한 때를 기다리고 있었다. 도심 속의 오래된 가로수들은 진득해진 햇살을 물결처럼 가을바람에 춤추며 즐거운 마음으로 받아내고 있었다. 나는 춤추는 이파리들에 홀려 길을 멈춰 섰다. 몇몇 이파리들은 가을 색으로 물들었나 하면, 전체적으로는 아직 푸른 잎들이 빽빽했다. 도로와 인도에는 내 손바닥보다 큰 낙엽들이 떨어져 있었다. 언뜻 두꺼비처럼 보이지만, 두꺼비로 비유하기에는 크기가 너무 컸다. 나는 나뭇잎의 이름을 몰라서 아쉬웠다. 이럴 때면 어렸을때 국어, 영어, 수학 공부보다는 동물과 식물에 관한 공부를 더 열심히 할 걸 하고 생각한다. 거리에 보이는 사람들은 다들 어디론가 움직이고 있다. 절대로 멈춰 서면 안 된다는 듯이.

십 분쯤 더 걸었을까, 길 건너편에 매력적으로 보이는 가게가 보였다. 술집인가, 커피숍인가 애매하다. 요새는 저렇게 경계가 없는 곳들이 많다. 간판에는 '로라 다방'이라고 쓰여 있다. 다방이라, 가봐야겠다.

나는 가게 안으로 들어가 바깥이 보이는 창가 쪽에 노트와 만년필을 내려놓고 카운터에 주문을 하러갔다. 메뉴판에 각

종 술과 커피, 음료 등 메뉴는 많았지만, 내 시선을 사로잡는 것은 '따뜻한 우유' 뿐이었다. 우유라는 단어를 보자마자 기분이 좋아졌다. 나는 고민하지 않고 '따뜻한 우유'를 주문했다.

따뜻한 우유를 받아 들고 자리에 앉아 노트와 만년필을 꺼내고 우유 맛을 보았다. 온도가 적당히 따뜻하고 설탕을 넣었는지 약간 달짝지근하다. 어린 시절 흰색 도자기 컵에 차가운 우유를 따르고 전자레인지에 돌려서 마신 추억이 떠올랐다. 그 당시엔 좀 비린 맛이 나서 버렸던 것 같은데, 지금의 따뜻하고 달짝지근한 우유가 내 추억을 제멋대로 꺼내 아름답게 미화시키고 말았다.

나는 만년필 뚜껑을 열고 테이블의 적당한 위치에 뚜껑을 가지런히 세워놓은 다음 글을 쓰기 시작했다.

<남자가 먼저 말하기 시작했다. "왜 그럴까? 정말 모르겠어. 그래서 나는 알고 싶어진 거야. 눈은 거짓말을 안 한다고 하는데, 왜 느낌만 가득한지, 확실하게 내 마음을 입 밖으로 꺼내지를 못하는지. 여러 가지 생각을 해봤는데, 그중 하나가 너를 이해하지 못해서가 아닐까 라는 생각이 들었어. 넌 언제나 내게 수수께끼와도 같은 존재거든. 그래서 오늘 수성으로 떠나려던 참이야."

"네가 온곳."

"거긴 아무것도 없어. 낮이면 모든 것이 녹아내리고, 밤이면 모든 것이 얼어붙어. 계절 따위가 없는 곳이야." 여자가 말했다.

"냉면과 붕어빵을 하루 만에 다 먹을 수 있겠네."

"장난치는 거 아니야. 수성인들에겐 중간이란 게 존재하지 않아. 사랑에 빠지면 그 사람에게 평생을 헌신하고, 증오에 빠지면 그 사람이 죽을 때까지 붙어 다니면서 못살게 굴어."

"그럼, 다들 사랑만 하면 되잖아. 너는 왜 지구로 오게 된 거야?"

"말이 쉽지. 나는 나를 좋아해 주는 사람들보다 나를 미워하는 사람들이 더 많았거든."

"그래서 도망친 거야. 돌이킬 수가 없었어. 그런데 네가 거길 가겠다니." 여자는 그렇게 말하고 고개를 돌려 먼 곳을 응시했다. 쇼윈도에 남자의 뒷모습과 여자의 눈동자가 갇혀 있다. 여자는 무슨 말을 해야 남자를 붙잡을 수 있을지 생각해 보지만, 직감적으로 남자가 수성을 가야만 한다는 것을 여자도 느끼고 있었다. >

만년필을 너무 세게 쥔 탓에 손이 아파왔다. 이럴 땐 맥주를 마셔야하는데, 바깥에 나가서 캔맥주를 마시고 싶었다. 나는 커피숍을 나와 편의점에서 캔맥주 하나를 사들고 걷기 시작했다. 밤과 낮의 경계선에서 아슬아슬하게 고민하는 사람들. '오늘 술 한잔할까?' '아니야, 집에 가서 쉬어야 해.' 나는 사람들이 인도에서 캔맥주를 마시는 내 모습을 보고 그들이 충동을 참지 못할까 싶어, 인적이 드문 골목길을 찾아 들어갔다.

낯선 골목길은 거미줄처럼 복잡했다. 이곳저곳 가파른 언덕이 많고, 대부분 오래된 주택들이 주로 골목을 이루고 있었다. 연주황빛 노을이 사라지기 전에 담배를 피우려 바지 주머니에 손을 더듬거리는데 왼쪽에서 알 수 없는 소리가 들려왔다. 나는 별 신경 쓰지 않고 카멜블루를 꺼냈다. 담뱃갑에 그려진 낙타를 보니 언뜻 발굽 소리처럼 들리기도 했다. '아이고, 사막에서 여기까지는 무슨 일로?' 나는 마음속으로 이렇게 생각하고 담배에 불을 붙였다. 발굽 소리가 가까워진다. 연기를 한 모금 들이마시고 뱉으며 고개를 돌려 왼쪽을 보았다.

"내가 지금 꿈을 꾸고 있나." 나는 반사적으로 말이 튀어나왔다. 절반도 안 마신 캔맥주에 취했을 리 없었고, 취했다 하더라도 알코올이 환각을 보이게 한다는 이야기는 들어본 적은 없었다.

얼룩말이다. 붉은 벽돌로 세워진 벽들, 여기저기 움푹 팬 아스팔트 바닥. 전형적인 한국의 주택가 골목에 얼룩말이 서 있었다. 고개를 좌우로 흔들고 다리를 요란하게 움직이는 살아있는 **진짜** 얼룩말이었다. 먼저 나는 호랑이나 사자 같은 맹수가 아니라 다행이라고 생각했다. 나와 그의 거리는 사람의 걸음으로 10걸음보다 조금 더 멀리 떨어져 있었다. 나와 그의 눈이 마주쳤다. 그의 얼룩진 등줄기에 연주황빛 노을이 내려앉은 모습은 가본 적도 없는 세렝게티 초원을 연상케 만들었다.

나와 얼룩말은 서로 움직이지 않고 각자의 자리 그대로 멈춰 서서 서로를 지켜봤다. 눈동자가 마주치고, 원초적인 긴장감이 몸을 감싼다. 나는 탈옥한 **빠삐용**의 자유를 응원해 줘야 할지, 신고를 해야할지 잠시동안 고민을 했다. 그가 억울한 것으로 치자면 영화 **빠삐용**의 주인공보다 억울할 것이다. 저 머나먼 아프리카에서 태어나 여권도 없이 끌려와 불법체류자라며 자유를 강탈당했다. 인간들은 그에게 얌전히만 있으면 굶겨 죽이지는 않겠다고 한다. 원래 살던 곳보다 안전하니 좋지 않으냐고 말한다. 하지만 그는 날카로운 이빨을 가진 맹수, 하이에나, 사자에게 쫓기며 언제 몸이 찢겨 죽을지 모른 채 두려움에 떨며 살아간다고 하더라도 그의 고향인 세렝게티로 돌아가고 싶다….

나는 동물 애호가나 환경 운동가는 아니지만, 대한민국 골목길에서 얼룩말을 본다면 누구나 당연히 이런 생각을 할 것이다.

나는 역시 신고를 해야겠다고 생각했다. 그나 사람들을 위해서라도 말이다. 자칫 그가 도로에 뛰쳐나가 사고라도 난다면 인간이나 얼룩말이나 썩 달가운 일은 아닐 것이다. 자유를 구가하는 그에게는 정말로 미안한 일이지만, 그의 자유는 세렝게티에서 찾아야 한다. 안타깝게도 대한민국 서울특별시의 골목길에서는 찾을 수 없다. 나는 그를 예의주시하며 휴대폰을 꺼내 112에 전화를 했다.

"골목길에 얼룩말이 있다구요?"
전화를 받은 젊은 남자 경찰이 물었다.
"네, 정말로 살아있는 **진짜** 얼룩말이 있습니다. 지금도 제 앞에 있다니까요. 이거 장난 전화 아닙니다."
내가 말했다.
"아 네, 일단 출동해 보겠습니다."

나는 눈앞에 주택의 도로명주소를 알려주고 전화를 끊었다. 장난 전화 범으로 몰리는 것은 난처하니 휴대폰 카메라로 얼룩말 사진을 찍어 두기로 한다. 내가 사진을 찍자 죄 없는 탈옥수는 무언가 결심한 듯 몸을 돌려 터벅터벅 걷기 시작했다. 내가 신고한 것을 눈치챈 것일까, 그렇다고 하기엔 전혀 다급함이 없다. 그저 그가 왔던 길로 다시 천천히 걸어 갈 뿐이었다. 마치 동물원으로 돌아가기 전 마지막으로 보 고 싶은 것이 있는 것처럼.

노을이 다 저물어가는 희미한 푸른빛을 등에 짊어메고 가 는 얼룩말의 뒷모습은 인간으로서는 절대로 흉내 낼 수 없 을 쓸쓸함이 느껴졌다. 그의 모습이 사라지고 얼마 시간이 지나지 않아 경찰 2명이 도착했다. 서로가 부자뻘 되는 경 찰 2명이었다.

"이곳에 얼룩말이 있었다는 말이죠?"
아빠 경찰이 내게 물었다.
"네, 저쪽에요."
나는 손가락으로 얼룩말이 있던 곳을 가리켰다. 그리고 휴 대폰을 꺼내 좀 전에 찍은 얼룩말 사진을 보여주었다.
"오, 진짜네."
아들 경찰이 신기하다는 듯 말했다.
"그런데, 이거 합성이나 그런 거 아니죠?"
아들 경찰이 내게 물었다.
"저 그렇게까지 열심히는 안 살아요."
내가 말했다. 이런 장난도 치려고 하면 노력이 필요하다.

"신고 감사합니다. 이제 가셔도 됩니다."
아빠 경찰이 내게 말했다.

 골목을 빠져나오자, 배가 출출해졌다. 캔맥주는 진작 다 마셔버려 빈 캔을 멋으로 들고 다니기 시작했다. 저녁은 어떤 것을 먹을까 고민하던 중, 바삭바삭한 돈카츠가 먹고 싶다는 생각에 휴대폰으로 가장 가까운 돈카츠 가게를 찾아 보았다. 음식 사진이 제법 먹음직스러운 가게를 찾았다. 나는 그곳으로 향했다.

 운이 좋게도 가게에 마지막 한자리가 남아있어 나는 따로 기다릴 필요 없이 바로 들어갈 수 있었다. 메뉴는 로스카츠 정식과 생맥주 한 잔을 주문했다. 기다리는 동안에 잠깐 글을 쓸까 생각했지만, 지금은 잠시 쉬기로 한다. 다른 사람들의 이야기 소리를 라디오 삼아 멍을 때렸다. 서울의 밤은 한가롭고 평화로웠다. 사람들의 이야기 소리에서 부정적인 단어는 들려오지 않았다. 다들 별 탈없이 잘 지내고 있나 보다. 얼핏 얼룩말이라는 단어가 들렸다. 나는 곧바로 휴대폰을 꺼내 뉴스를 확인해 보았다. 가장 상단에 <서울 어린이 대공원 얼룩말 탈출>기사가 실려있다. 끝내 뽀삐이가 잡히고 말았구나, 이렇게나 빨리. 전화 기록을 확인해 보니 내가 신고를 한 지 30분이 조금 지나있었다. 그는 마지막으로 그가 보려 했던 것을 보았을까?

붙잡혀버린 그를 생각하며 먹다 보니 어느새 로스카츠는 한 조각이 남았고, 2번째 시킨 생맥주잔 바닥에는 흰 띠 모양 거품이 힘없이 늘어져 있었다. 3번째 생맥주를 주문하고 한 조각 남은 로스카츠를 집어 들어 입에 넣는데, 알람이 울렸다. '어디야?' 그녀에게서 연락이 왔다. 나는 젓가락을 내려놓고 로스카츠를 입에 문 채 답장을 했다. '아직 서울.' 나는 개껌을 정확하게 잡기 위해 머리와 턱을 움직이는 강아지처럼 고개를 위로 팅구어 로스카츠의 남은 부위를 모두 입안에 집어넣었다.

오후 8시에 우리는 그녀가 말해준 술집에서 만났다. 바깥 하늘에는 연보랏빛 어둠이 층층이, 그리고 조심스레 쌓여가고 있었다.

"회식이 갑자기 취소돼 버리는 바람에." 그녀는 외투를 벗어 옆에 빈 의자에 걸며 말했다.

"나도 마침 술친구가 필요했어."

"탈옥을 했던 친구가 오늘 잡혀들어갔거든." 이번에는 내가 쇠 컵에 물을 따르며 그녀에게 말했다.

"얼룩말이랑은 언제부터 친구였어?"

"어떻게 알았어?" 내 농담이 간파당했다. 역시 보통의 여인이 아니다.

"왠지 너라면 이런 농담을 할 것 같았어. 아까전에 어린이 대공원에서 얼룩말이 탈출했다가 잡혔다는 기사를 봤거든.”

"그런데 나 정말 그 얼룩말을 봤어. 골목길에서.”

"이것도 조크?”

"아니, 이건 진짜.” 나는 휴대폰을 꺼내 아까전 골목길에서 찍은 얼룩말 사진을 그녀에게 보여주었다. 그녀는 사진을 보더니 한참동안 웃어댔다. 새하얀 그녀의 미소는 순수하고 파괴적이었다. 눈가 끝에는 자개처럼 작고 반짝이는 물방울이 맺히고, 두 눈이 거의 감긴 눈웃음은 두 눈을 뜨고 있는 나의 시야마저 흐리게 만들었다. 나도 모르게 내 얼굴에 미소가 번지고, 앞으로 그녀와 함께할 수만 있다면 시계 따위는 모조리 다 없애버리고 시간을 잊은 채로 살아도 괜찮겠다는 생각이 들었다.

우리는 시침이 일의 자리 숫자에 있을 때 만나 십의 자리 숫자를 지나고 다시 일의 자리 숫자가 시작될 동안 술을 마셨다. 마지막으로 있었던 장소는 3번째로 옮긴 장소였다.

"무슨 글을 쓴다고 했지?” 그녀가 물었다. 흰 꽃잎 위로 붉은 술이 한 방울 떨어진다. 비로소 내가 반했던 벚꽃잎이 그녀의 얼굴에 피어난다. 내 마음은 봄처럼 간드러진다.

"꿈에 대한 이야기.”

"아 맞아, 맞아.”

"보고싶어.” 그녀가 웃으며 내게 말했다.

< "보고 싶을 거야." 남자가 말했다.

"내가?" 여자가 물었다.

"응."

"왜?" 여자는 남자의 대답을 기대하고 있었다.

"그 이유를 찾으려고 가는거야."

"다시 볼 수 있을까?"

여자는 불안에 떨리는 목소리로 물었다.

"보고 싶다고 생각하면. 너도, 나도."

남자는 확신할 수 없었다.

"그곳의 노을은 정말이지 아름다워. 지구의 노을은 시시할 정도야. 노을 하나 때문에 수성에서 자기 별로 돌아가지 않는 사람들이 대부분이지. 그 찰나의 순간 하나를 보려고. 사람들은 녹아내리는 낮을, 얼어붙는 밤을 버티면서 조금씩 자신의 수명을 갉아먹는 거지. 마치 약물처럼 말이야." >

"다음에, 언젠가." 내가 이렇게 말하자 그녀는 아쉽다는 듯이 고개를 얼마간 배배 꼬았다.

"그거 알아? 귤은 쭈글쭈글해야 껍질도 잘 까지고 달아."

"귤을 좋아하는구나." 나는 로하 생각이 났다.

"당연하지, 네가 겨울마다 까주잖아." 까만 그녀 눈동자의 초점은 이미 지구 밖으로 나간 듯 보였다.

"내가?" 나는 모르겠다는 듯이 고개를 갸우뚱했다. 그녀는 많이 취해 보였다.

정신을 차렸을 때, 나는 낯선 곳의 침대에 누워있었다. 푹신 푹신하고 따뜻해 곧바로 다시 눈을 감고 싶었지만, 적어도 내가 어디에 있는지 상황은 파악해야 된다는 생각을 했다. 내 오른쪽에는 익숙한 실루엣의 여자가 누워 있었다. 별다른 생각할 것도 없이 그녀였다. 아무리 술에 취했다지만 살면서 이런 실수를 한 적은 없었다. 하지만 아무런 기억이 나질 않았다. 그녀는 깊게 잠들어있다. 머리맡의 창문으로 비쳐 들어오는 달빛이 그녀를 비추는 모습은 마치 동화 속 공주같은 모습이었다. 그녀의 옆모습을 보는데 귓볼 밑의 목덜미에 <WAKE UP> 이라는 문구의 타투가 새겨져 있다. 큼직한 대문자로 새겨져 있어 어둠 속에서도 뚜렷하게 보인다.

"WAKE UP?" 나는 그녀가 깨지 않을만큼 아주 작은 목소리로 말했다. 타투가 원래 있었나?

"뭐야?" 눈을 뜬 그녀와 눈이 마주치고, 당황한 그녀가 약간 무서워 떨리는 목소리로 말했다.

"우리가 술을 너무 많이 마셨나봐." 나는 그녀를 안정시키고자 최대한 차분하게 말했다.

"이거 봐, 우리 둘 다 아까전 복장 그대로야. 아무일도 일어나지 않았어." 나는 입고있는 검정색 티셔츠를 꼬집어 흔들며 그녀에게 보여줬다.

"무슨소리야, 네가 어떻게 여기 있냐니까. 나는 오늘 분명 회식을 갔다가 집에 왔는데." 그녀는 침대에서 일어나 말했다. 그러곤 침대 옆 스탠드 조명을 켰다. 그녀는 약간 화가 난 듯 보였다.

"네가 회식이 취소돼서 우리 같이 술을 마셨잖아. 기억 안 나?" 문득 그녀와의 연락한 내용을 보여주면 되겠다는 생각이 들어 휴대폰을 꺼내 그녀와 연락한 내용을 찾는데, 그녀와 연락한 내용이 없다. 나는 손에 땀이 나고, 심장은 대책도 없이 빠르게 뛰기 시작했다.

"나 무서워." 그녀는 지레 겁을 먹은 표정으로 나에게서 서서히 떨어졌다.

나는 어쩔 줄 몰라 우선 두 손을 들었다. 어떻게 하면 이 여자를 안심 시킬 수 있을까 생각해 보았지만, 알맞은 수가 도저히 떠오르질 않았다.

'똑, 똑, 똑.'

누군가 그녀의 집 현관문을 두드려쐈다.

'똑, 똑, 똑.'

"누구지?" 내가 그녀에게 물었다. 그녀는 내 말을 들은 체도 하지 않고, 마치 올 사람이 왔다는 듯 현관문으로 가 낯선 이의 문을 열어주었다. 문이 열리고, 오후에 본 아빠와 아들 경찰이 그녀의 집안으로 들어왔다. 그리고 내게 이름을 물었다.

"맞죠?" 아들 경찰이 말했다.

"네 맞습니다." 상황이 전혀 이해가 가지 않았지만, 나는 최대한 침착하게 대답했다.

"이번에 잡힌 용의자가 당신을 공범으로 지목했어요."

"네? 누구요?"

아들 경찰이 사진 한장을 꺼내 보여줬다. 뽀빠이다. 아까전에 골목길에서 만난 얼룩말이다.

머리가 아프다 못해 빙 돌아버렸다. 함께 술을 마시지도 않았던 여자의 집에 무단침입한 것도 모자라 내가 탈출한 얼룩말의 공범이라니. 그것도 새벽 5시에. 누군가 내 술에 약을 탄 것이 확실했다.

"여자아이를 죽였잖아 당신."

"그게 무슨 말이에요 도대체?"

내 영혼이 빠져 나간것 인지, 화면으로 보이는 것인지, 내 모습이 보인다. 얼굴은 푸른 피가 돌듯 창백하고 몸은 바람에 떨리는 잎사귀처럼 부들부들 떨리고 있다. 속마음마저 보인다. 검은 석유 덩어리 같은 것이 밖을 빠져나가지 못한 채로 요동친다…….

<"이제는 그만 돌아와." 휴대폰 너머의 목소리로 여자가 남자에게 말한다.>

나는 정신을 잃었다.

*

잠에서 깨어났을 때, 현실은 조금도 달라진 것이 없었다. 이상한 꿈이었다.

나는 부엌으로 나가 물을 한잔 마시고, 욕실로 들어가 따뜻한 물로 샤워를 했다. 전날 술을 많이 마신 탓인가, 꿈속의 장면이 영화가 끝나고 영화관을 빠져나가는 길처럼 생생하게 떠올랐다. 누군가 죽고, 누군가를 만나고, 나는 무언가를 열심히 적었다.

날씨가 조금 쌀쌀해졌다. 밤색 티셔츠 위에 검정색 가죽재킷을 입고, 바지는 색이 조금 빠진 톰포드 데님을 입었다. 구두는 무색의 가죽을 신성한 나무에 얼마간 연마해 만들어낸 것 같은 우드 컬러의 벨루티 옥스포드. 향은 투스칸 레더와 소바쥬를 고민하다 결국 향수는 뿌리지 않기로 했다. 읽을만한 책 한권과 만년필과 노트를 챙겨서 나간다.

내려가는 언덕길에 햇살이 나를 감싸주었다. 언덕길을 다 내려갔을 때는 5살 남짓 되어 보이는 어린 소녀가 황토 빛깔의 고양이와 놀고 있었다. 고양이는 그런 소녀에게 관심이 없는지, 눈을 꾹 감은 채로 국산 소형 세단 밑에 엎드려 푹 늘어져 있다. 시끄럽게 소음을 내는 자동차도 인간이 없으니 티끌만 한 소리조차 내지 않고 평화로운 가을날의 오후에 일조했다.

버스 정류장에 도착하자, 데님 왼쪽 뒷주머니에서 진동이 울렸다. 휴대폰을 꺼내 화면을 확인해 보니 외계인에게서 전화가 걸려 오고 있었다. 오랜 나의 친구 외계인이었다. 그가 정말 사람인지 외계인인지는 알 수가 없다. 평소에 평범한 사람인 척을 잘하지만, 때로는 그것을 잘 숨기지 못할 때가 많다. 그만이 사실을 알고 있을 것이다.

"여보세요?"
"번개를 맞고 싶네."
외계인은 다짜고짜 이렇게 말했다. 이 말 뜻은 나와 번개만남을 가지고 싶다는 것이었다. 나와 외계인의 만남은 늘 이런 식이다. 예고 없이 번개처럼.
"나는 아무래도 좋은데."
내가 말했다.
"그런데 내일 출근이라는 사실 때문에 계단에서 굴러버리고 싶네." 나를 만나고 싶지만, 제약이 있어서 조금 고민이된다는 뜻이다.
"뭐, 하고 싶은 대로 하는 거지." 나는 이렇게 말했다.

"그렇다면 우선할 거 하고 있어요. 연락하겠소."

그가 이렇게 말하고, 나도 알겠다고 하고 전화를 끊었다.

나는 집을 나선 애초의 계획대로, 목적지로 가는 버스에 올라탔다. 우뚝 솟아있는 버스의 맨 앞자리에 앉았다. 언제부턴가 하나 둘 전기버스가 생기기 시작하더니, 최근에는 천연가스로 움직이는 버스보다 전기로 움직이는 버스가 더 많아졌다. 개인적으로는 버스나 자동차의 살아있는 엔진의 느낌을 더 좋아하지만, 전기로 만들어진 차 특유의 출발하는 느낌은 전선 속의 전류가 된 것 같아 짜릿한 느낌을 준다. 썩 나쁘지 않은 느낌이다.

밝은 빛이 차츰 물러나고, 어두운 빛이 다가오고 있었다. 둘이 만나 빚어내는 광경은 악인마저 아름답게 만들어버릴 정도로 경이로웠다. 버스 안에서 창문 너머로 그런 대자연의 작품을 보고 있자니 누군가 밤 같은 남자라면, 아침 같은 여자를 만나면 퍽 잘어울리겠다고 생각이 들었다. 둘은 함께 평생 동안 황혼의 마법 같은 시간을 보내는 것이다.

버스에서 내려 서름동의 사람들이 모여드는 곳으로 걸었다. 서름동은 내가 살고 있는 도시에 아름다운 꽃들과 멋진 풀들이 모여드는 곳 중 하나다. 모여드는 사람들 대부분이 내 나이 또래이고, 집과 가까워 연애를 할 당시에 애인과 집을 드나들듯 이곳을 자주 드나들었다. 들리는 이야기로 본래 이곳은 친일로 부를 쌓은 부잣집들이 모여있는 곳이라고 하는데, 아이러니하게도 현재 이곳의 술집들이 대부분 이자카야로 이루어져 있다.

커피숍에 도착해 야외 테이블에 자리를 잡고, 챙겨나온 노트와 만년필, 나쓰메 소세키의 풀베게를 테이블 위에 올려두고, 에스프레소를 한 잔 주문했다. 단지 여자들에게 멋있어 보이고 싶다는 이유로 에스프레소를 마시기 시작했는데, 마시면 마실수록 역시 아메리카노는 우유에 물을 타 마시는 것처럼 느껴진다. 이탈리아 사람들의 심정이 조금씩 이해가 되기 시작했다.

에스프레소는 내가 테이블에 돌아가는 시간 만에 만들어질 테지만, 기다린다는 핑계로 담배가 피우고 싶어졌다. 무언가를 기다리면서 피우는 담배는 사랑하는 여자의 집 앞에서 여자가 나오기를 기다리는 일종의 설렘 같은 맛이 있다. 커피숍 뒤 주차장에서 담배에 불을 붙이는데, 이전에 왔을 때 봤던 카페 여직원이 맞은편에 웅크려 앉아 전화를 하고 있었다. 그녀의 매너가 좋았어서 기억이 난다. 나는 물이 아닌 다른 것을 마시면 꼭 그 뒤에 물을 마시는 버릇이 있는데, 그날에도 나는 여느 때와 다를 바 없이 카페 한편에 배치되어 있는 물병과 종이컵이 있는 곳에서 물을 따르고 있었다.

그런데 물병 안에 얼음이 가득 차 있어 물이 시원하게 나오지 않았다. 그녀가 그런 내 모습을 지켜보고 있었는지, 물이 가득 채워진 종이컵을 내게 건넸다.

"얼음을 너무 많이 넣었나 봐요. 이거 드세요."

덕분에 나는 기분 좋은 마음으로 글을 쓸 수 있었다. 매너가 좋은 사람은 기억에서 잘 잊히지 않는다. 아니, 그저 그녀의 헤어스타일이 내 취향이어서였을까.

하늘에는 연주황빛 구름이 익어가는 햄 소시지처럼 세 점 떠 있고, 철제로 만들어진 재떨이 뒤로는 내 키보다 높게 자란 풀들이 내 쪽을 향해 고개를 숙인 채 꾸벅꾸벅 졸고 있었다. 에스프레소를 기다린다는 핑계로 피우는 담배에 걸맞은 완벽한 풍경이었다. 카운터에 진작 나와 있던 에스프레소를 받고서 자리에 앉아 느긋하게 향을 맡고 있을 때, 외계인에게 문자 메시지가 왔다.

"어디에 있어?"

"여기는 서름동에 있는 뮤즈."

나는 이렇게 메시지를 보내고, 휴대폰 카메라로 테이블에 펼쳐놓은 노트와 풀베게, 그리고 막 나온 에스프레소 사진을 찍어서 그에게 보냈다.

"오케이, 여유롭게 오늘 하루를 즐기고 있어봐."

나는 그가 보낸 메시지를 보고 그가 올 것이라는 것을 알았다. 친구 사이의 직감이나 혹은 그를 만나고 싶다는 내 마음이 그에게 가닿은 것이다. 휴대폰을 내려놓고 나는 글을 쓰기 시작했다. 내가 오랫동안 키웠던 금붕어에 대한 소설을 써보고 싶다는 생각으로 글을 쓴 지도 벌써 일 년이 조금 넘었다. 처음에는 이야기가 술술 적혀나갔는데, 어느새부턴가 이야기가 앞으로 잘 나아가지 않고, 자꾸 뒤로 뒷걸음질 친다. 기억이나 상상이라는 것이 어떤 미지의 존재에 의해 가로막혀있나 보다.

주인공의 감정을 묘사하고 있는데, 머리가 아파왔다. 내게서 감정이 옅어져 주인공의 감정을 묘사할 수 없는 건지, 그저 내 머리가 핑계를 찾아 아픈척 하는건지는 알 수 없었다. 나는 아파온 머리에 챙겨온 풀베게를 펼쳤다. 서너 장 집중이 잘 되나 싶었지만, 더 읽다가는 후리소데를 입고 다카시마다 머리를 한 여자가 말을 타고서 내가 앉아 있는 테이블 옆으로 다가와 '호호호호' 하고 웃을 것만 같아 그만두었다. 너무 잘 만들어진 예술 작품은 몰입을 적당히 해야 그 세계에 갇히지 않는다. 한편으론 내 자신의 감정은 옅어져 잘 느끼지도 못하면서, 누군가 쓴 글에 감정이입을 하고 있는 내가 초라하게 느껴졌다. 결국 나는 글을 쓰는 것도, 책을 읽는 것도 단념하고서 거리에 왼쪽, 오른쪽으로 지나다니는 사람들을 보며 오늘 하루에 대한 생각에 잠겼다.

외계인에게 문자가 왔다.

'버스 내려서 가는 중.'

벌써?라는 생각에 손목시계를 내려다보니 시침은 9를 분침은 7을 각각 9와 7을 떠날 준비를 하고 있었다. 오후 9시 36분인 것이다. 언제 시간이 이렇게 빠르게 지난 걸까. 휴대폰으로 마지막 전화 기록을 찾아본다. 나와 외계인이 통화를 했던 시간은 오후 6시 19분이었다. 분명 내가 체감한 시간은 1시간이 조금 넘은 것처럼 느껴졌는데, 3시간이 다 되는 시간이 지나버렸다니. 어둑해진 밤하늘의 저편으로 사라져버린 나의 3시간에 대하여 생각할 틈도 없이, 외계인에게 전화가 걸려 왔다. 나는 잠시 전화를 거절해 두고, 노트와 책을 챙겨 다 비운 에스프레소 잔을 카운터에 가져다 놓고 카페를 나왔다.

"감사합니다. 좋은 하루 되세요"

매너 있는 여자 직원이 말했다.

"감사합니다. 안녕히 계세요"

외계인에게 다시 전화를 걸었다. 나는 전화를 기다리는 신호음을 들으면서 문득 내가 에스프레소를 마신 기억이 없다는 것을 알아차렸다. 그렇게 생각하니 갑자기 신호음이 공포스럽게 들려 왔다. 두루루루,,,두루루루,,,

"여보세요?" 외계인이 밝은 목소리로 전화를 받았다.

"어, 지금 어디야? 나도 카페에서 나와 걷고 있어" 내가 말했다. 우리는 도서관 앞에서 만나기로 하고 전화를 끊었다. 그와 나는 알맞은 시간에 서로를 향해 걷고 있었다. 대게 친구들이 그렇듯 우리는 멀리서부터 서로를 알아보고, 서로에게 미소를 지어 보였다. 그의 미소는 그가 윗니에 낀 교정기 때문인지 멀리서부터 은색 빛으로 빛이 나고 있었다.

"반갑네." 외계인이 인사했다.

"먼 길 오느라 고생했네." 내가 말했다. 그가 진짜 먼 길에서 온 것 은 아니다.

"시훈이도 오기로 했어."

"그래? 나야 좋지."

나와 외계인은 만남의 담배를 한 대씩 태우고서 '미드나잇'으로 갔다. 처음 가보는 중식 술집인데, 달리 가고 싶어서라기보다 한 번만 더 이자카야를 갔다가는 혓바닥이 가라아게 튀김옷처럼 까끌까끌하게 변해버릴 것 같아 중식 술집을 가기로 한 것이다.

미드나잇에 도착한 시간은 10시 정각이었다. 가게 인테리어는 스테인리스가 주를 이루고 휘황찬란한 분홍색 조명과 푸른색 조명이 가게 안을 가득 채운다. 과연 중국인들이 이

가게를 본다면 어떻게 생각할까. 아마도 유럽 사창가 같은 분위기에서 중국요리에 소주를 마시고 있는 한국인들의 모습은 중국인들이 보기엔 제법 웃겨 보일 것이다. 메이드 인 차이나가 그립다.

우리는 바 테이블 자리에 앉아 깐풍기와 소주를 주문했다. 깐풍기라, 엄연히 가라아게와는 다른 요리이다. 혓바닥이 깐풍기로 변해버린다면 소스 덕에 가라아게보다야 덜 까끌까끌하겠지. 소주는 참이슬이다. 나에게 있어서 위스키는 돌고 돌아 결국 아드벡 10이고, 소주는 돌고 돌아 결국 참이슬이다. 여러 종류의 다른 소주를 마시면 역시 참이슬이었어. 하고 생각한다. 첫사랑 같은 느낌을 준다.

깐풍기는 나와 외계인이 첫 잔을 부딪치기도 전에 나왔다. 우리가 깐풍기 시킬 것을 미리 알고 이미 만들고 있었던 것인지, 깐풍기 밀키트 같은 것을 전자레인지나 에어프라이어 같은 곳에 간단히 돌려온 것인지 아리송한 일이었다. 아니나 다를까 5분 만에 나온 깐풍기에서는 얼어붙은 비닐 안에 닭고기를 가둬 놓은 듯한 맛이 났고, 소스는 그냥 소금을 찍어 먹는 게 나을 정도로 형편없었다. 아, 그냥 가라아게를 먹으러 갈걸. 하지만 괜찮다. 우리의 구원투수 참이슬이 모든 문제를 시원하게 해결해 준다. 문제를 해결한 뒤에는 언제나 쓴맛이 딸려 온다.

외계인과 실컷 밀키트 깐풍기에 대한 혹평을 내리고 있을 때, 시훈이가 왔다. 그는 특유의 사람 마음을 녹이는 미소를 띠며 자리에 앉았다. 그는 얼어붙은 생선을 녹여 따뜻한 탕 요리를 만드는 식당을 운영하는데, 나는 여러모로 그의 이미지와 잘 어울린다고 생각했다. 심지어 가게 이름도 '행복 맛집'이다. 오랜만에 만난 세 친구는 반가운 인사는 생략하고 쉴 새 없이 술잔을 부딪혔다.

"올리브유로 목욕을 하면 어떤 기분일까?"
볼이 붉어지기 시작한 외계인이 말했다. 그는 최근에 요리하는 취미가 생겼다. 그런 그에게 나는 엑스트라 버진 올리브유를 선물했는데, 이런 질문을 할 줄 알았다면 선물하지 않았을 것이다.
"글쎄, 새우가 된 기분이지 않을까? 감바스."
나는 이렇게 말해보았다.
"그럼 헤엄치고 있는 거야, 익혀지고 있는 거야?"
시훈이가 질문했다.
"온도가 서서히 올라 익어버리기 전까지는 헤엄치는 거겠지?" 내가 말했다.
"마치 지구 속에서 살아가는 우리 같군."
외계인이 말했다.

내가 감바스의 새우와 다를 바 없다고 생각하니 기분이 언짢아졌다. 외계인과 시훈이도 그런 것 같아 보였다. 나는 분위기를 전환할 겸, 축 처진 새우들에게 담배를 피우러 가자고 제안했다. 시훈이는 담배만 피우면 견디지 못할 만큼 발가락이 간지럽다며 6년전부터 담배를 끊었다. 아쉬운 대로 그는 애인과 통화를 하고 있겠다고 했다. 나와 외계인은 그런 그를 부러워하며 가게 앞 벤치에 앉아 금요일 밤을 방황하는 젊은 사람들을 구경하며 담배를 피웠다.

"오늘 **좋은 날**이네." 외계인이 바람 빠지는 소리를 내며 담배 연기를 뱉고는 말했다.

"뭐, 그런가" 내가 별생각 없이 대답했다.

"날씨가 좋잖아." 외계인은 이렇게 말하고는 하늘을 올려다보았다.

"너무 좋아서 가지고 싶어." 그가 눈동자로 달을 좇으며 말했다.

"날씨를 가지고 싶다라...신기한 발상이네." 내가 말했다.

"너는 지금 어때?"

"나도 좋지. 날씨, 뭐 오늘 하루."

"그럼, 다행이네." 그는 무심히 내게 그렇게 말하고는 내 앞을 지나쳐 술집 안으로 들어갔다.

사실 좋은지 모르겠다. 날씨도. 오늘 하루도. 그저 좋다고 스스로에게 최면을 걸고 있는지도 모르겠다. 그래서일까,

외계인의 말과 행동이 그런 나를 꿰뚫어 보는 듯한 느낌이 들었다.

분명 마지막까지 재차 확인을 했다. 아이들이 차고 있는 벨트가 불량은 아닌지, 결합은 잘 되었는지. 하지만 무심하게도 놀이 기구는 하강을 하는 순간, 주희만을 하늘에 남겨둔 채 내려왔다. 그 뒤의 1시간 동안의 기억은 아까전의 에스프레소를 마신 기억처럼 사라졌다. 아이들의 울음소리와 비명 소리. 다른 반 선생님들이 다급하게 뛰어오는 발걸음 소리. 사이렌이 울리는 소리. 복잡하게 뒤섞인 소리들 사이에서 주희의 소리는 더 이상 들리지 않았다.

놀이 기구의 결함으로 인해 벨트가 해제되었다는 사실이 밝혀지게 되고, 그 누구도 나에게 책임을 묻는 일은 없었지만, 나는 사건이 마무리된 한 달 뒤에 도망치듯 학교를 그만두었다. 여러 사람들이 내게 다가와 위로를 해주었지만, 나에게는 어떤 말소리조차 들리지 않았다.

"이제 그만 찾아오셔도 돼요."
기일마다 찾아가는 주희의 집에서 내가 죄스러운 표정으로 고개를 숙이고 있으면, 주희 아버지는 내게 이렇게 말씀하셨다.

사실은 그가 나를 원망하고 있을 것이라는 것을 나는 알고 있었다. 나 또한 그게 당연하다고 생각했다. 3년의 시간이 지났지만, 나는 여전히 그날에서 벗어나오지 못하고 있다. 교사가 된지 얼마 안 된 나는 정말 잘하고 싶었다. 얼마 가지 못하고 식을 열정이라도 해보고 식자는 마음에 최대한 많은 아이들을 신경 쓰려고 노력했다. 쉬운 일은 아니었지만, 매일 지치지 않고 쉬는 시간에 뛰어노는 아이들을 가만히 보고 있으면 나도 모르게 동심으로 돌아가는 기분이라 에너지가 충전되곤 했다.

"담배를 연달아 피우느라 좀 늦었네."
나는 이렇게 말하고서 자리에 앉았다.
"자리를 오랫동안 비운 대가로 물 한잔해."
시훈이가 말했다.
"대가치고는 너무 간단하고 오히려 좋잖아?"
나는 둘에게 멋쩍은 미소를 지어 보이며 말했다.
"좋은 날 이잖아."
외계인이 말했다.
"맞아. **좋은 날** 이잖아."
시훈이 말했다.
"뭐, 요새 둘이 새로 밀고있는 유행어야?"
내가 말했다. 두 사람은 자기들도 모르겠다는 듯이 고개를 장난스럽게 흔들어댔다.

우리는 날짜가 넘어가는 줄도 모르고 술을 마시다 새벽 2시가 되어서야 술집에서 나왔다. 4개의 안주와 7개의 제로 코크 캔, 11병의 참이슬을 마셨다. 비닐 속에 갇힌 간풍기는 여전히 초라하게 2조각이 남아 있었다. 좋은 퇴비가 되거나, 좋은 사료가 되거나. 어찌 되든 나쁘지 않다.

시훈이는 애인이 근처 술집에 있다며 계산을 하고 먼저 자리에서 일어나고, 나와 외계인은 얼굴이 잔뜩 붉어진 채로 가게 앞 벤치에 앉아 술에 취해 히죽 웃어대며 담배를 피웠다. 흡사 그 모습은 지나가는 사람들이 보기에 탐욕스러운 붉은 도깨비들처럼 보였을 것이다. 우리는 술을 마시는 동안에 한 갑에 가까운 담배를 피워댔다. 정신이 아득해진 탓에 몸을 잘 못 가누는 나를 외계인이 옆에서 붙잡아주었다.

"어떻게, 이제 집에 들어갈거야?"
외계인이 내게 물었다.
"글쎄, 한 잔 더 할까?" 내가 대답했다. 정말 술을 더 마시고 싶어서라기보다 취기에 그냥 별 의미 없이 한 대답이었다. 아무래도 좋다.
"좋아. 그럼, 여기 근처에 맛있는 해장국집이 하나 있어. 거기로 가자."

우리는 벤치에서 일어나 춤을 추듯 불규칙한 걸음걸이로 10분 정도를 걸어서 24시간 해장국을 파는 '해 뜨는 집'에 도착했다. 나는 원체 숙취가 잘 없는 편이라 해장국을 먹는 일이 별로 없다. 나는 다음 날 일어나서 약간의 숙취가 남아 있으면 냉동실에 미리 사다 둔 바닐라 아이스크림을 하나 먹으면 모든 속이 다 풀린다.

가게 안에는 주인아저씨와 이제 막 연애를 시작한 듯 보이는 풋풋한 대학생 커플이 있었다. 우리는 우리를 의식해 그들이 편하게 대화를 못할까싶어 커플과 적당히 떨어진 곳에 자리를 잡고, 해장국 두 그릇과 소주를 주문했다. 외계인은 화장실을 다녀오겠다고 했다. 나는 별생각 없이 커플들 머리 위로 벽에 걸려있는 TV를 올려다보았다.

TV에서는 10년도 전에 했던 예능 프로그램이 재방송을 하고 있었다. 음악이든 영상이든 추억이 묻어있는 것들은 언제나 흐뭇하면서도 슬픈 감정을 동시에 불러일으켜 온다. 나에게 그런 음악은 대표적으로 덱스터 고든의 Cry Me A River 가 있다. 애수에 찬 눈빛을 한 어린 소년이 나를 바라본다. 나는 그 소년을 동정의 눈빛으로 보는데, 그 소년이 메말라 쩍 갈라진 입술로 나에게 말한다.
"아니야, 그렇게 나쁘지만은 않아."
나는 그 소년이 거짓말을 한다고 생각하진 않지만, 왠지 모를 서글픈 감정이 든다. 그런 음악이다. *Cry Me A River*의 음이 뭐였나 하고 생각하고 있었는데 잠이 들었다.

"다들 벨트 잘 찼지?"

내가 아이들에게 말했다.

"네!" 아이들이 입을 모아 말한다. 어린이용 드롭타워라고 하더라도 한 번 더 확인하는 것은 필수다. 20명도 채 되지 않으니 한 번 더 직접 확인하자. 윤서, 민영이, 지우, 시온이 차례대로 아이들 안전장치를 확인한다. 몇몇 아이들이 놀이기구를 같이 타자고 나를 보챈다. 나도 아이들과 함께 타고 싶지만 그러기엔 내 몸이 너무 커버렸다. 모든 확인을 마치고 아이들 사진을 찍어주려고 적당한 곳에 자리를 잡는다. 나는 사진도 제법 잘 찍는 편이라, 아마 아이들이 훗날 어른이 되어도 과거 사진을 자랑스럽게 여길 것이다.

잠깐, 나는 무슨 일이 생긴다는 것을 직감적으로 알고 있다. 그래, 사고가 일어난다. 나는 다급히 놀이 기구 앞 조종실로 달려갔다. 창문을 열고 놀이동산 직원에게 당장 기구를 멈춰달라고 부탁한다. 직원은 약간 당황한 기색을 보였지만, 알겠다며 조작 버튼을 만진다. 다행이다. 사고를 막았다.

하지만 뒤를 돌아보니 전에 본 것 같은 똑같은 장면이 연출된다. 드롭 타워는 똑같이 주희만을 두고 빠른 속도로 내려온다. 그 순간, 내 몸의 모든 신경에는 화가 가득 차 떨렸다. 손과 발도 한몫 거들어 필요 이상의 힘이 들어간다. 스스로를 주체할 수 없게 된 나의 머릿속은 놀이동산 직원을 죽여버려야겠다는 생각으로 가득 찼다. 뒤를 돌아 조종실 쪽을 봤다. 그러나 조종실 안에는 아무것도 보이지 않는다. 나는 길에서 적당한 크기의 돌을 찾아 들고는 창문을 부수고 놀이기구 조종실 안으로 넘어 들어갔다. 컵 안의 물이 넘쳐흐르듯, 살의가 넘쳐흐른다. 심장은 이성을 잃은 개처럼 날뛰고, 숨을 너무 거칠게 내몰아 쉰 탓에 정신이 희미해진다. 하지만 나는 찾아야만 한다. 주희를 죽음으로 몰고 간 그 녀석을. 돌을 움켜쥔 채로 눈을 부릅뜨고 두리번거리는데, 여자아이의 울음소리가 들려온다.

나는 다급하게 울음소리가 나는 쪽으로 향했다. 철문 너머로 들려오는 소리다. 그러나 아무리 찾아보아도 철문은 보이지 않았다. 출입문을 생각 못 했구나, 나는 당장 출입문을 열고 밖으로 나갔다. 철문 앞에서 주희가 알아볼 수 없는 형체를 하고서 울고 있었다. 그 울음은 억울한 죽음에 대한 원망의 울음이 아니라, 삶에 대한 욕구로 가득 찬 울음이었다. 나는 그런 주희를 보자마자 절정에 다다른 화가 물이 든 컵이 거꾸로 뒤집히듯 미안함과 슬픔의 고통으로 한순간에 뒤

바뀌었다.

"미안해, 정말 미안해.주희야 선생님이 정말 미안해."

나는 주희를 향해 조금씩 다가갔다. 울고 싶었지만, 이상하게도 눈물은 나오지 않았다.

.

.

.

"뭐라는 거야, 정신 차려." 눈을 뜨니 내 눈앞에는 외계인이 있었다. 나의 정신이 '해 뜨는 집'으로 돌아오기까지는 3분 정도 시간이 걸렸다. 해장국을 테이블 위에 올려다 두는 가게 주인, 사랑스러운 눈빛으로 서로를 바라보는 대학생 커플, 열심히 웃기는 말을 하고 있는 TV 속 예능 프로그램의 개그맨, 그리고 내 앞에는 술에 잔뜩 취한 채 얼굴이 시뻘게진 외계인. 현실일까, 나는 꿈에서 깨어나 현실로 돌아왔을까.

"꿈이라도 꾼 거야?" 외계인은 미간을 찌푸린 채 나를 이상한 눈으로 쳐다보며 물었다.

"응, 깜빡 잠이 들었네."

나는 스테인리스 컵에 시원한 물을 따라 마시며 대답했다.

소주 회사에서 홍보용으로 만든 물병에는 미모의 톱스타가 소주잔을 기울인 채로 나를 바라보며 미소를 짓고 있다. 톱스타는 치아마저 아름다워야 하고, 항상 웃어야 한다. 그리고 겸손하고, 검소하게 살아야 한다. 대중들은 그런 톱스타를 원한다.

"우선 좀 먹자고." 외계인은 나에게 대충 말을 집어던지듯이 하고 허겁지겁 해장국을 먹어 치우기 시작했다.

나는 꿈에 대한 생각 때문에 식욕이 없어 그저 국물만 한두 번 떠 마시고 소주를 들이켰다.

대학생 커플이 서로 팔짱을 낀 채로 나갈 무렵에 외계인은 해장국을 거의 다 먹어 치워 뚝배기 그릇 벽면에는 고춧가루가 따개비처럼 붙어있고, 소주병은 우리의 이야기 속에 외면받아 절반 정도 남은 채로 시원함을 잃고 미지근하게 식어 있었다.

"아직도 그 일 때문에 힘든가?"

외계인이 내게 물었다. 외계인이 대화에 그 일을 꺼내 드는 것은 드문 일이다.

"아니라고 하면 거짓말이지. 실은 방금도 그 아이의 꿈을 꾸었어. 내가 그날로 돌아갔는데, 마찬가지로 아무것도 할 수 없었어. 그 아이가 알아볼 수 없는 형체로 내 눈앞에 나타나 울고 있고, 나는 미안한 감정과 슬픈 감정이 벅차오르는데 이상하게도 눈물이 흐르진 않았어." 나는 눈에 힘이 풀린 채로 허공을 응시하며 말했다.

"말라버린 거야. 눈물이란 게." 외계인은 갈 곳을 잃은 내 눈동자를 지그시 보며 말했다.

"당연한 거야. 네 마음속 깊은 곳에서 그 아이가 항상 울고 있으니까." 외계인은 이렇게 말하고, 자기 앞의 소주잔에 미지근하게 식어버린 소주를 따랐다.

"듣고 보니 맞는 말인 것 같기도 하고." 나도 마찬가지로 내 앞의 잔에 미지근한 소주를 따랐다. 소주는 2잔 남짓 남았다.

"그런데, 오늘 왜 그런 생각을 한 거지?" 외계인이 물었다.

"생각? 무슨 생각?" 나는 약간 의아해하며 물었다.

"이 현실에서 도망쳐버릴 생각" 외계인은 이렇게 말하고서 잘못한 학생을 훈육하는 선생님의 눈빛으로 나를 바라보았다.

"네가 지금 무슨 말을 하는지 모르겠어. 도망치다니?" 나는 약간은 당황한 채로 그에게 물었다.

"오늘 나와 헤어지고 나서 너희 집 욕조에서 스스로 목숨을 끊으려고 했잖아." 선생님은 확신에 찬 말투로 내게 말했다.

"무슨 착각을 단단히 하고 있네. 술에 취한 것 같은데, 집에 얼른 들어가자." 나는 약간 어지러워 테이블 위에 올려둔 담뱃갑과 라이터를 챙기며 말했다.

"나를 이상한 놈 취급 하지마. 술을 좀 마시긴 했지만, 아주 멀쩡한 상태야. 확실한 증거가 있지. 네가 오늘 챙겨나온 노트에는 소설을 쓴 것이 아니라, 유서와 나에게 쓴 편지가 있잖아. 네가 지금 쓰고 있다는 '금붕어' 라는 소설은 한 줄도 쓰지 않았어. 애당초 그런 건 없던 거야. 너는 1년 전부터 친한 지인들에게 편지들을 쓰고 있었어. 마치 유서처럼. 아직은 미완성인 유서의 마지막 문장에는 이렇게 쓰여있지. '찬란한 새벽에, 나 조용한 별로 돌아가네' 라고."

외계인의 시선은 자석처럼 내게 달라붙어 꼼짝도 하지 않고 있다.

선생님께 들키고 말았다. 나는 아직 꿈에서 깨지 않은 건가 싶어 애먼 눈썹을 잡아 뜯어봤다. 눈물이 핑 돌았다. 현실이다.

그가 말하는 것은 하나같이 다 사실이었다. 나는 오늘 죽으려고 했다. 감정이 사라진 채로 살아갈 바에야 영원히 잠드는 편이 낫다고 생각했다. 나 때문에 한 아이가 죽었다는 죄책감에서 빠져나올 수가 없었다. 마치 싫어하는 노래를 무한히 반복 재생을 해놓은 것처럼. 유압 프레스기로 나를 짓누르는 것 같은 죄책감은 점점 더 나를 짓눌러 마침내 내 영혼은 그저 한 장의 종이에 불과했다. 너무 얇아 볼 수 없고, 여기저기 흩날리고, 마구 구겨진다. 자칫 잘못하면 주변의 누군가가 베여 피가 날지도 모른다. 외계인의 말대로 내 마음속 깊은 곳에서는 주희가 항상 울고 있다. 내가 죽지 않으면 그 아이는 평생 울음을 그치지 않을 것이다.

 그런데 외계인은 어떻게 알고 있는 것일까? '찬란한 새벽에, 나 조용한 별로 돌아가네' 이 문장은 내가 아직 쓰지도 않은 문장이다. 내가 머릿속으로만 생각했던 문장이다. 게다가 내가 생각했던 문장은 '조용한 새벽에, 나 찬란한 별로 돌아가네'였다. 외계인의 말이 사실이라면 몇 시간 뒤의 나는 문장을 바꿀 것이다. 나는 이 상황이 이해되지 않아 외계인에게 물었다.

"아직 일어나지도 않은 일을 어떻게 알고 있는 거지?"

"엊그제 네 장례를 마쳤어." 그의 말에 나는 사고가 멈추었다.

"그럼, 네가 지금 미래에서 과거로 왔다는 말이야?" 나는 약간의 진정을 하고 그에게 물었다.

"그럴 수도 있고, 아니면 이것도 그저 내 꿈에 불과할 수도 있지."

"네 장례를 마치고 시훈이와 다른 친구들이랑 술을 진탕 마시고 집으로 들어가 기절했지. 네가 내게 쓴 편지를 읽고 자네 욕을 엄청나게 했더랬어. 갈 거면 그냥 아무것도 남기지 말고 조용히 갈 것이지 편지 따위는 왜 쓰냐고 말이야. 네가 죽어서 조용한 별에 가든 말든 그게 살아있는 사람들한테 무슨 소용이 있지? 죽을병에 걸려서 죽은 것도 아니고, 사고가 나서 죽은 것도 아니고, 기껏 한다는 게 자살이면서 뭐 대단한 업적이라도 남겨두고 가는 것처럼 말이야. 슬픈 것보다 한심했어. 네놈이. 그런데 오늘 일어나 핸드폰을 보는데 이상하게도 날짜가 네가 죽은 날이었지. 꿈인지, 현실인지 확인해 볼 틈도 없이 곧바로 너에게 전화를 했는데, 네가 전화를 받았어. 뭐, 이게 내가 과거로 돌아갔든, 꿈이든 간에 마지막으로 만나서 죽거나 말거나 실컷 욕이나 해주려고 만나러 왔지."

"때리겠다거나, 대신 죽여주겠다는 말은 안 해줘서 고마워." 내가 말했다.

"역시 죽을각오까지 한 녀석은 제정신이 아니군." 외계인이 말했다.

나는 미지근해진 소주를 한잔 들이켜고 천천히 생각해 보기로 했다. 혼란스럽다. 혼란스러운 게 당연하다. 그런데 이상하게도 기분이 썩 나쁘지만은 않았다. 비록 내가 지금 느끼는 것이 혼란이라 할지라도, 나는 살아있는 감정을 느끼고 있었다. 먹을 갈듯 혼란을 천천히 그리고 신중하게 갈아서 어떤 농도의 먹물이 나오는지 보기로 한다. 마음이 요동친다. 나를 괴롭히는 고통에서 벗어나는 유일한 구세주는 죽음이란 여인이라고 생각했다. 그녀는 나를 따뜻하게 안아주겠다고 속삭였다. '죽으면 모든 것이 편해져요.'

묽었던 나의 감정은 혼란의 파편이 차곡차곡 그 농도를 더해가며 끝내 하나의 짙은 단어가 되어 나타났다. 한심.

내가 죽고 난 뒤 '이제 저 녀석은 편하겠군. 드디어 구원받았어!' 이러리라고 생각한 것은 아니지만, '얼마나 힘들었으면 저런 선택을 했을까?' 정도로 받아들이리라 생각했다. 하지만 그건 나의 오만한 착각이었다. "그저 한심했어. 네놈이." 외계인은 이렇게 말했다.

스스로 목숨을 끊으려고 마음을 먹은 나로서는 죽은 뒤 세상에 대한 생각은 찰나에 불과했다. 그런 연약한 생각에 빠져서는 죽을 수가 없다. 내가 사라지고 난 후의 세상을 생각하다보면 '그래도 역시 살아봐야지.' 라는 결론에 도달하게 된다. 생각이란 나를 죽음으로 몰고 가기도 하지만, 끊임없이 움직여야 하는 삶 속으로 다시 들여보내기도 하는 것이다. 하지만 나는 이 어려운 관문들을 모두 헤쳐 나왔다. 마침내 살아가야 할 이유를 내 삶 속에서 전부 지우는 데 성공한 것이다. 나에겐 남은 가족도 없고, 사랑하는 애인과도 이별했고, 얼마 전에는 키우던 금붕어마저 죽어버렸다. 친구라면 외계인과 시훈이 그리고 가끔 연락을 주고받는 형식상의 동창들뿐이다. 이렇게 생각하니 우울한 감정이 들었다. 또다시 짙은 감정이 느껴진다.

"죽는 건 내 마음 아닌가?"
나는 외계인에게 이렇게 물어보았다. 그는 한참 동안 고민을 하는가 싶더니 이윽고 입을 열었다.

"물론 그렇지, 네놈이 죽든 간 말든 간 나는 알 바가 아니지. 네가 당장 오늘 죽더라도 나는 살아서 네가 놓치고 간 세상의 아름다운 것들을 만끽하며 앞으로 몇십 년이고 —하늘이 허락하는 만큼—더 살아가면서 삶을 즐길거야. 물론 난 여태껏 진심으로 사랑하는 여자를 만나본 적이 없지만, 이런 나라도 사랑해 줄 여자는 머지않아 나타날 테고, 머리가 슬슬 빠지기 시작했지만, 나는 두상이 이뻐서 대머리도 제법 잘 어울릴 거야. 이따금 직장 상사가 나를 들고 볶으면 그 녀석 갈비뼈를 부숴다가 들개한테 던져주고 싶을 만큼 화가 나지만, 술과 담배가 멸종한 공룡꼴만 당하지 않는다면 나는 참고 버틸 수 있어. 나름대로 이런 삶도 재미가 있걸랑."

외계인의 말을 가만히 듣고 있는데, 그가 부러웠다.지극히 평범해 보이는, 혹은 누군가가 보았을 때 보잘것 없다고 느낄 수도 있는 외계인의 삶이, 지극히 평범한 대한민국의 한 남자의 삶이 내게는 영화 원스 어폰 어 타임 인 아메리카의 주인공 누들스의 삶 만큼이나 인상적으로 느껴졌다. 그때 알았다. 외계인의 삶이 어떻든 간에 감동적이고, 부럽게 느껴지는 이유는 내가 친구로서 외계인을 좋아해서도 아니고, 그의 실제 삶이 행복으로만 가득해서도 아니었다. 그저 한 인간으로서 그의 삶에 대한 태도가 부러운 것이었다.

"나도 이렇게 되기까지 수없이 많은 생각을 했어. 안간힘을 써서 발버둥도 쳐봤지. 그렇지만 발버둥을 칠수록 수면위로 올라가는 게 아니라, 내 몸은 자꾸만 깊은 해구 속으로 빠져들어 갔어." 내가 말했다.

"마리아나 해구?"

"뭐, 그런거지."

"너 수영할 줄 알아?"

"알지, 수영장에서도 해봤고, 얕은 해변에서도 해봤어. 하지만 이곳은 차원이 다른 곳이야. 여긴 태평양 한복판이라고."

"이거 완전 바보 새끼네. 그러니까 내 말은, 네가 물개도 아니고 거기서 헤엄친다고 어디 필리핀까지 갈 수 있을거라 생각하냐고." 외계인은 약간 화가 난 듯 보였다.

"아니." 조금 무서웠다.

"잘 알고 있네. 자, 그런 상황에선 그냥 물에 떠 있어야 해, 몸에 힘을 쭉 빼고 말이야. 가라앉아서 물고기 밥이 될 것만 같은 두려운 생각이 들더라도 쫄지 말고 물결에, 파도에 몸을 내맡기는거야. 아무리 발버둥 쳐봐야 엄한 힘만 빠지지. 더 이상 쓸 힘이 없어져 물에 뜨고 나면 그때는 이미 늦었어. 얼마 안 가 정신을 잃을 테니까. 힘을 비축하는 거지. 어차피 죽을 거라면 최대한 살아봐야 할 거 아니야. 상어 밥이 되던, 수온이 낮아져 얼어 죽던 그런 일이 일어나기 전까지는 최대한 살아봐야 할 거 아니냐고. 혹시 알아? 은혜깊은 고래가 등에 태워다가 육지로 데려다줄지, 아니면 외딴섬의 파티를 즐기러 가는 개츠비의 헬기가 너를 발견할지.

'버티느라 고생하셨소. 괜찮다면, 오늘 밤 파티에 함께 가지 않겠소? 대신 그 값으로 이야기 좀 해주시오. 당신에게 무슨 일이 있었는지.' 이렇게 말이야."

외계인은 말을 너무 많이 한 탓에 목이 쉰듯했다. 나는 손으로 그에게 물컵을 가리키며 한잔 마시라는 제스처를 취했다.

나는 아직도 바다 한가운데에 떠 있다. 여전히 춥고 두려운 것은 마찬가지지만, 외계인의 말로 하여금 자그마한 나룻배 하나가 달빛의 물결을 타고 슬그머니 나에게로 다가왔다. 나룻배 안에 저을 수 있는 노는 없었지만, 잠시 여유를 가지고 몸을 뉠 수 있는 나룻배 하나가 생긴 것에 나는 감사했다.

"그런데, 내 장례는 네가 치러준거야?"

내가 외계인에게 물었다.

"웃기는 소리, 나는 살아있는 너한테 술 한잔 사줄 수는 있어도 죽은 네 장례까지 치러 줄 생각은 추호도 없어."

나는 외계인의 말을 듣고 '그럼 누가?' 하는 표정으로 눈썹을 씰룩거렸다.

"잘 생각해 봐, 누가 있을지. 누군지 금방 찾을 수 있어. 너무 당연한 거 아냐?" 외계인은 그렇게 말하고서 바지 뒷 주머니에서 수첩을 꺼내 들고는 한 장 찢어 내게 건넸다.

"연희?" 나는 놀라서 물었다.

8년 전 여름의 흔적이 옅어질 무렵, 나는 대학교 동기들과 '달빛 걷기'라는 동아리를 만들었다. 한번은 동기들과 동기네 시골집에 놀러 간 적이 있는데, 우리는 술에 잔뜩 취한 채로 새벽에 시골길을 나돌아다녔다. 가로등 하나 없는 어두운 새벽이었는데도 불구하고 달빛이 밝혀주는 세상은 꿈을 꾸고 있나 착각에 빠질 만큼 밝았다. 하늘에는 광해 뒤로 숨었던 별들이 모습을 드러냈고, 그런 별들은 서로가 더 밝게 빛난다며 자기를 뽐내고 있었다. 그러나 모두가 빛나고 있었기에 별들의 경쟁은 의미 없는 일이었다.

나와 동기들은 이 밝은 밤을 다른 사람들에게도 알려주자는 마음에 동아리를 만들었는데, 결과는 나와 내 동기들을 제외하면 6명 정도밖에 되지 않았다. 그래도 사람을 모았으니, 진행을 하기는 해야 했기에 우리는 깊은 시골 짜기에 민박집을 예약하고 달빛 걷기를 시작했다. 첫 활동이 순조롭게 진행되나 싶었지만, 새벽에 갑작스레 비가 쏟아져 내리는 바람에 우리는 정겨운 흙냄새가 가득한 민박집에서 소주와 함께 밤을 보내야 했다. 누구는 '안 그래도 추웠는데 다행이다'라고 했다. 그럴 만도 한 게 겨울이 시작될 무렵이었다. 술과 밤이 깊어지고, 나는 우연히 동아리에 들어온 여학생에게 귤을 하나 까주었다. 말이 없던 여학생은 내가 귤을 하나 까준 이후로 내게 말을 걸어오기 시작했다. 그 여학생이 연희였다.

결국 연희에게 귤을 까주었던 그 손으로 연희의 손까지 잡게 됐다. 조각을 하던 그녀는 언제나 손이 트고 거칠어져 좋아하는 귤을 먹으려면 비닐장갑이라도 낀 채로 귤을 까서 먹어야 했다. 그녀는 비닐장갑을 끼면서까지 귤을 까먹는 자기 모습이 웃겨서 좋아하는 귤을 포기했다고 했다. 이런 이유라면 귤을 까주는 남자한테 반할 만도 하다. 그 때문에 사랑에 빠진 이후로 매년 겨울이 찾아오면 집에 귤을 한 박스씩 사다가 연희와 함께 고전 드라마를 정주행하며 나는 달걀 한 판 보다 많은 귤을 연희에게 까 먹였다. 덕분에 내 손은 반고흐가 보는 세상처럼 노랗게 변해 학교 실습을 나가면 아이들의 놀림감이 되었고, 그녀는 비타민 과다복용으로 복통을 호소했다. 그럼에도 연희는 항상 겨울이 기다려진다고 했다. 귤 까는 나에게 물어보지도 않고 말이다.

연희와 5년 정도 만났을 때, 연희는 지역에서 제법 알아주는 조각가가 되었고, 나는 2년 차 초등학교 교사가 되어있었다. 당연하게도 결혼이라는 주제가 대화에 등장하는 빈도가 잦아졌고, 나와 그녀는 그에 대해 당연하게 생각하고 있었다.

하지만 그해 가을, 사고가 일어났고 나는 그때부터 6개월 동안 꿀 먹은 벙어리처럼 간단한 대답 이외에는 아무런 말도 하지 않았다. 그해 겨울에는 그녀에게 귤조차 까주지 못했다. 그녀는 그런 내 모습을 보며 무척이나 힘들어했고, 나도 좋아지려 부단히 노력했다. 하지만 억지스러운 감정으로 그녀를 대하다 보니 다투는 일이 잦아졌고, 그럴 때마다 서로는 주워 담을 수 없을 정도로 산산조각이 났다. 그렇게 흩어지면서 우리는 2년이라는 시간을 버텨냈다.

이기적이게도 나는 이런 내가 그녀를 붙잡고 함께 지옥으로 끌어내리는 것 같아 끝을 말했다. 날씨가 더워지려고 여름 장마가 찾아왔을 때였다. 나는 우산도 없이 비를 맞으며 그녀의 집 앞 공원에서 그녀에게 헤어지자고 말했다. 우리는 한참 동안 마주 선 채로 울었는데, 빗속의 내 눈물은 흔적도 없이 사라졌다. 연희와 헤어지고, 나는 더욱더 깊은 어둠으로 제 발로 들어갔다. 아무것도 보이지 않는다. 아무것도 보이지 않아……

< "이제 그만 돌아가야겠어요." 남자가 말했다.

"벌써요?" 남자 옆에 태평하게 누워있는 수성인이 말한다.

"적당한 게 그리워졌어요."

"역시, 그런가요. 적당히. 그게 어떤 느낌인지는 잘 모르겠지만."

"좋아하는 동시에 싫어하는 겁니다."

"무엇을?"

"모든것을."

"좋고 나쁘게 공존 할 수 있다니, 지구는 참 이상한 곳이네요."

"제 생각도 그래요. 그런데 그게 또 매력적입니다."

"그렇군요, 늘 행복한 시간 되시기를. 그럼 안녕히." 수성인이 손을 들어 가볍게 인사를 하며 말한다.

"좋은 시간이었습니다." 남자가 일어나며 인사한다. >

*

잠에서 깨어났을 때, 외계인이 키우는 앵무새 520이 내 가슴팍 위에서 걸어 다니고 있었다. 외계인의 생일이 5월 20일이라 앵무새의 이름을 520으로 지었다.

"안녕하세욧."

520이 말했다.

"으어어어..."

머리가 깨질 듯 아파온다. 숙취가 있다.

내가 괴상한 소리를 낸 탓에 520은 날개를 푸드덕 거리며 날아들어 책상 위로 도망갔다. 아마도 나를 주인과 비슷한 탈을 쓴 천적쯤으로 생각했을지도 모른다. 외계인은 내 옆 침대 위에 팬티 바람으로 잠들어있다. 어젯밤, 나는 분명 어떤 생각에 깊게 잠겨 있었는데, 그 뒤의 기억이 나지 않는다. 중요한 것은 나는 일어났다. 나는 어제 죽으려고 마음을 먹었고, 외계인의 말대로라면 정말 스스로 내 목숨을 끊었을 어제였다. 그런데 나는 오늘 이렇게 숙취를 가진 채로 일어나 살아있다.

외계인의 방 창문에 가까이 다가가 커튼을 열어젖히고 창문을 열어보았다. 바깥은 먼지 뭉치로 만들어진 것처럼 날이 흐리다. 비가 올 모양인가 보다. 외계인이 가장 좋아하는 날씨. 확실히 취향이 독특하지만, 그의 커튼 취향은 여전히 형편없다. 나이 삼 십에 빨간 꽃무늬라니, 요새는 싸구려 호텔도 이런 커튼을 쓰진 않는다. 커튼을 코에 가져다 대고 향기를 맡아본다. 커튼에는 담배 향기가 깊숙하게 깃들어있었다. 역시 빨간 꽃향기치고는 좀 불쾌하다. 나는 외계인이 여전히 집 안에서 담배를 피운다는 것을 확인하고, 부엌으로 나가 적당히 재떨이가 될 만한 것을 찾아 카멜 블루를 입에 물었다.

거실의 큰 창문을 열고 회색 가죽 소파에 앉아 느긋하게 담배를 피웠다. 냉장고 모터가 돌아가는 소리, 도시 한 가운데 지어진 오피스텔로 들어오는 자동차 소음들, 희미하게 참새가 지저귀는 소리. 개인적으로 가장 좋아하는 소리는 천연가스 버스가 출발할 때 내는 로봇 고래 울음소리 같은 우렁찬 소리를 좋아한다. 일상의 모든 소리들이 아름답게 들려왔다. 담배를 다 피우고 냉장고에서 삼다수 작은 페트를 하나 꺼내 마셨다. 뒷골이 당길 만큼 차갑다. 원샷을 하기엔 무리가 있다. 5분의 2만큼만 마시고 식탁에 올려둔다.
"뭐야 안 죽었잖아? 내가 지금 보고 있는 게 베르길리우스인가?" 외계인이 침실 문턱에 선 채 눈을 찌푸리고서 반쯤

잠긴 목소리로 말했다.

"그러게 사람은 아니나 전에는 사람이었을 수도 있지"

나는 이렇게 받아쳤다.

"나를 좀 인도해 주시게"

외계인이 말했다.

"그러도록 하지, 하지만 오늘까지만 자네가 길잡이 역할을 해줘야겠어. 그런데, 오늘 출근 안 하는 거야?" 내가 말했다.

"아까가서 조퇴하고 왔는데?"

시계를 보니 오후 3시가 훌쩍 넘어있었다.

"아."

"그럼, 밖으로 나가자, 저 지옥의 문을 열고."

외계인은 현관문에 걸린 글귀를 가리키며 말했다. 외계인의 현관문 안쪽에는 신곡에 나오는 지옥문 글귀가 적혀있었다. 그는 단테의 신곡을 인간이 부를 수 있는 최고의 노래라고 칭했다.

우리는 대충 세수를 하고 밖으로 나갔다. 엘리베이터를 내려가면서 비추어진 우리 모습은 좀 봐줄 만 했다. 다만 하루를 넘어간 내 옷들은 찌뿌둥한 채로 불만을 토하고 있었다. 오늘도 집에 들어가지 않고 옷들을 방치한다면 내일쯤엔 내 몸에 입혀지기를 거부하고 말 것이다. 옷들에게 미안한 마음을 뒤로하고, 나와 외계인은 밖을 나와 산책로로 향했다.

외계인이 사는 집 아래로 내려가면 강물이 흐르는 산책로
가 나온다. 물은 깨끗한지 모르겠지만, 헬스를 즐겨하는 남
자들의 팔뚝만 한 잉어가 헤엄치고, 백로가 강 위로 우뚝 선
채로 작은 잉어들을 구소련의 스나이퍼처럼 호시탐탐 노려
보며 기회를 엿보고 있다.

"이제 나는 어떡하면 좋을까?"

나는 죽 펼쳐지는 갈대를 보며 외계인에게 물었다.

"하고 싶은 대로 하는 거야. 두 번째 삶의 시작이잖아."

외계인이 갈대를 어루만지며 말했다.

"전보다는 아니지만, 아직도 마음 한켠에 그날의 일이 남아
있어." 내가 말했다.

"용서해야 해, 네 자신을. 그저 사고였을 뿐이거든."

"충분히 많은 시간이 지났어, 3년이야. 내년이면 북중미 월
드컵이 열려. 메시랑 호날두는 이제 축구화를 벗을 테고, 새
로운 시대가 열릴 거야. 영원한 영광도 절망도 없지. 너도 이
제는 변해야 할 때야." 그는 그렇게 말하고서 입고있는 청바
지 주머니에 손을 찔러 넣었다.

"음바페, 홀란드, 벨링엄?" 내가 물었다.

"그건 모르는 일이지. 갑자기 축구의 불모지에서 스타가 탄
생할 수도 있고. 어디까지나 확률일 뿐이야. 그때가 올 때까
지는 아무도 모르는 거야. 정해진 건 없어. 모든 게 정해져
있다면, 인생의 의미를 어디에서 찾겠어? 그냥 정해진 대로
만 살지. 이번 북중미 월드컵의 우승국은 영국이고, 골든슈

주인공은 주드벨링엄 입니다. 바뀌어서는 안 됩니다. 한국은 16강 이상으로 올라가서는 안 됩니다. 생각만 해도 재미없는 세상이야."

"용서라."

용서. 나 자신을 용서하려고 생각하니, 키가 식탁만 할 때 나를 할머니 집에 두고 가버린 부모님이 가장 먼저 떠올랐다. 그런 부모님은 벌을 받은 건지 나를 두고 미국으로 가던 중 항공기 사고로 인해 태평양 한가운데 바닷속으로 고꾸라졌다. 할머니께는 돈을 벌 좋은 기회가 생겼다며 나를 잠시 부탁한다고 하고 떠났다고 했다. 지금쯤 태평양 어느 바닷속 깊은 도시에서 좋은 기회를 잡아 많은 돈을 벌고 다른 아이를 낳아서 잘 살고 있을지도 모른다. 그런 부모님이 미웠더라도 나는 할머니 밑에서 나름대로 잘 성장했다. 부모 없는 아이라고 동급생들에게 딱히 놀림을 많이 받은 것도 아니었고, 나도 그렇게 부족하다고 생각하지 않았다. 애초부터 나에겐 부모란 없는 존재였으니까. 나를 길러준 할머니만이 나의 어머니이자 아버지였다. 그럼에도 내 안의 작은 아이는 친구들이 하는 엄마랑~, 아빠가~ 라는 말들을 들으면 한없이 작아졌다. 나는 내가 부족하다고 스스로가 느끼는 순간 내 자신이 불쌍하게 여겨질 것 같아 괜찮다며 끊임없이 자기최면을 걸곤 했다. 도대체 우리 부모님께서는 어떤 기회를 보았길래 어린 나를 버려가면서까지 미국으로 가려고 했던 걸까. 미국에 무사히 도착했더라면, 부모님은 금은 보화를 들고서 나에게 다시 돌아왔을까?

이랬다면, 저랬다면, 모든 경우의 수를 다 따져가며 생각할수록 깊은 심연으로 빠져드는 것은 나였다. 서른 살의 나이에 나는 다 잊어버렸다고 생각했는데, 이제는 괜찮다고 생각했는데, 아직까지도 어린 시절 외면했던 결핍과 원망이 남아있었다. 마치 풀어야 할 문제를 풀지 않고 시험지를 제출한 것처럼. 당연하게도, 그때의 나는 문제를 풀어볼 엄두도 나지 않았다. 지금도 명확한 정답을 쓸 수는 없지만, 적어도 풀이 정도는 해볼 수 있다. 문제의 중요성을 낮출 수는 있다. 오래전 무시한 채 버려둔 백지상태의 문제지를 다시 꺼낸다. '진실이 어떻건 간에 가장 중요한 것은 지금 살아 숨쉬는 내가 있다는 것. 이 순간, 현재를 살아가고 있다는 것.'이라고 적는다.

'그럴만한 이유가 있었겠지'
강물 위에 서 있는 백로가 잉어를 찾던 눈으로 나를 보며 말했다. 마치 돌아가신 할머니가 말하는 것처럼 느껴졌다. 그래, 그럴만한 이유가 있었겠지.

이제 나를 용서할 차례다. 영원히 풀리지 않을 것 같았던 부모님에 대한 원망이 사그라드니 나에 대한 용서는 조금은 더 쉽게 다가왔다. 내가 이토록 한 아이의 죽음에 대해서 책임감을 느끼고, 결과적으로 내 잘못이든 아니든 간에 죄책감을 느끼면서 나 자신이 한없이 망가져 버린 이유는 그만큼 아이들을 진심으로 사랑했기 때문이었다. 그 사랑은 내가 자라면서 배웠던 선생님들께 받은 사랑을 기반으로 하고 있다. 그중 가장 나에게 가장 의미있는 지점토를 덧붙여 주신 분은 15살에 만난 지구과학 선생님이었다.

나는 어른들을 싫어했다. 그것도 아주 굉장히. 나에게 이래라저래라 하는 것도 싫었고, 세상 모든 일을 자기들이 다 아는 척하는 것이 마음에 안 들었다. 나는 나 나름대로 잘살고 있다고 생각했고, 할머니와 친구들은 그런 나를 좋아해 주었다. 그러니 나에게 꾸중하는 선생님이 있으면 나는 다짜고짜 반기를 들었다. 아마 내가 어른들을 그토록 싫어했던 이유는 나를 두고 간 부모님이 생각나서였던 것 같다. 몇몇 선생님은 나를 문제아로 낙인찍고—그 당시에는 나 스스로가 문제라고 생각하지 않았지만, 지금에 와서 생각해 보면 나는 정말 문제아였다—상대하려 들지 않았다. 어린 나는 내가 어른들을 이겼다는 착각에 빠졌고, 내 반항은 더욱더 거세졌다. 그런데 실제로도 정말 엉터리인 어른들이 있었다. 지금도.

체육 시간이 끝난 뒤의 수업은 언제나 피곤했다. 때문에 대부분의 아이들은 땀을 식히며 엎드려 자곤 했다. 반에서 1등을 하는 여학생도 예외는 없었다. 그런데 그날 나는 친구들과 장난을 치느라 잠을 자지 않았고, 몇몇 기운을 차리려는 학생들을 상대로 선생님은 수업을 시작했다. 수업 주제는 꿈에 관한 수업이었다. 지구과학 시간에 왜 꿈에 대한 수업을 했는지는 모르겠지만, 역시나 꿈을 크게 가져라라는 뻔한 이야기였다. 수업을 절반쯤 듣는데, 지루한 나는 짓궂은 장난을 치려고 선생님께 시비조로 묻기 시작했다.

"선생님, 그런데 어차피 다 정해진 인생 아닌가요? 우리한테 희망 같은 게 있을 리 없잖아요. 우리 학교는 꼴통 학교에, 동네도 가난한 동네에다가 이미 엇나간 친구들이 주변에도 많고요. 우리는 그냥 부자들이 만든 세상의 한 부속품에 불과하잖아요. 그저 이렇게 평범하게 주어진 처지에 순응하며 살다가 죽으면 그만 아닌가요? 그런데 왜 자꾸 헛된 희망을 심어주는 거죠? 좋은 어른처럼 보이고 싶어서? 맞죠?"

내가 이렇게 말하자 반의 분위기는 북한이 남한에 핵폭탄을 투하하겠다는 선언이라도 한 것처럼 충격에 빠졌다. 순간 내가 말을 잘못했나 싶었지만, 사실이 그랬다. 그 당시 내 삶을 바라보았던 나의 관점이 그랬고, 몇몇 친구도 내 말에 동의한다는 눈치였다. 어느새 반 아이들은 모두 정신을 다 차린 상태였고, 선생님은 그런 나를 지그시 응시하셨다.

수많은 압박감 속에서도 나는 뻔뻔함을 유지한 채로 기세등등하게 선생님을 똑바로 쳐다보았다.

얼마간 나를 응시하던 선생님의 눈빛은 연민의 눈빛으로 바뀌었다. 나는 속으로 생각했다. '이럴 줄 알았어. 솔직히 내가 했던 말 중에 틀린 말 하나 없잖아. 여기서 살아가는 우리는 모두 불쌍한 아이들이야. 꿈 따위는 헛된 희망이라고. 이제 그 같잖은 위선은 그만둬.'

그때, 선생님께서 말씀하시기 시작했다.

"이건 너희 모두에게 하는 말이니까 잘 들어. 너희 중 몇몇은 저 말에 동의하는 눈치인데, 너희가 정말 그렇게 자기 삶의 가치를 불쌍하게 여기며 살아가고 있다면 선생님은 선생님의 도리를 못 하고 있구나. 내가 사랑하는 우리 아이들이 그렇게 생각한다니 마음이 너무 아프다. 물론 이 또한 어른들의 잘못이겠지."

"자기 자신의 가치는 스스로가 매기는 거야. 스스로를 불쌍히도 여기지도, 함부로 대하지도 마. 절대로 누군가 너희를 어떤 식으로든 평가하도록 내버려둬서는 안되는 거야. 그게 혹 너희 부모님이나 가족, 친구 소중한 사람들이라도 예외는 없어. 어디에서 자랐건, 배웠건, 배우지 못했건 너희는 너희가 생각하는 그 무엇이든 될 수 있어. 이건 정말이야. 선생님이 장담해. 누가 뭐라고 하면 선생님한테 데리고 와."

"너희는 별들의 아이야."

그 순간, 나는 내 자신이 너무나도 부끄러워 얼굴이 붉어졌고, 아이들의 눈초리는 나를 향한 총구로 변했다. 나는 수업이 끝날 때까지 엎드린 채로 고개를 한 번도 들지 못했다. 나 자신이 너무나 한심하게 느껴졌다. 그리고 아직 나에겐 어른들이 필요하다고 절실하게 느껴졌다. 수업이 끝나고 나는 곧장 교무실로 달려가 선생님께 고개 숙여 부끄러움을 무릅쓰고 쭈뼛쭈뼛 사과를 드렸다.

"정말 죄송합니다."

"괜찮아, 네 잘못이 아니야. 오늘 알았으면 된 거야. 네가 별이라는걸" 선생님은 내게 그렇게 말씀하시고 칭찬스티커로 쓰이는 별 모양 은색 스티커를 내 손등 위에 붙여주셨다.

그날 이후로 나는 아이들을 가르치는 초등학교 교사를 꿈꾸게 되었고, 모든 방황과 유혹에서 벗어나 공부에 집중했다. 물론 중간중간 숨통을 틔워주는 일탈도 했지만, 해야만 하는 공부는 다 끝내는 습관을 만들었다. 중고등학교 교사가 아닌 초등학교 교사를 꿈꾼 이유는 내가 더 어릴 때 이런 말을 해줄 수 있는 어른이 있었다면 더 좋았겠다는 생각으로 초등학교 교사를 꿈꾸게 되었다. 물론 중고등학생보다 더 어린아이들에게 이해하기 쉽게 꿈과 자신감을 심어주는 일이란 더 힘든 일일 수도 있지만, 나는 오히려 그 점이 더욱 마음에 들었다. 각자 나이에 맞는 언어와 가르침이 있기 마련이다, 하고.

그렇게 나는 꿈 하나로 마침내 초등학교 교사가 되었고, 매일매일이 설레지는 않았어도 아이들을 좋은 어른으로 성장시키겠다는 다짐을 하고서 학교를 갔다. 도울 수 있는 일이 있다면 얼마든지 서슴지 않았다. 곤충학자가 되고 싶다는 아이가 있으면 플로리스트가 되고 싶다는 아이도 함께 데리고 봄날에 인근 산에 오르기도 하고, 가수가 되고 싶다는 아이가 있으면 블루투스 마이크를 사서 방과 후 시간에 함께 노래를 부르기도 했다. 어차피 나는 겨울에 귤 까는 일 말고 나머지 봄, 여름, 가을에는 한가한 사람이었으니까.

교사가 된 두 번째 해에는 보석 같은 5학년 아이들을 맡았다. 5학년은 초등학생으로만 봤을 때는 이제 다 컸다. 6학년이면 중학교를 갈 준비를 해야 하니 5학년 때가 마음 놓고 마지막 초등학생 시절을 즐길 때 다. 그 중 주희는 끼가 많은 아이였다. 친구들에게 항상 먼저 다가가고, 심심한 친구가 있으면 재밌는 농담으로 친구들을 기분 좋게 만들어주는 재주가 있는 아이였다. 주희의 꿈은 슈퍼스타라고 했다. 노래도 부르고 싶고, 연기도 하고 싶고, 멋지게 춤도 추고 싶다고 했다. 나는 주희 아버님께 주희의 재능을 알려드리고, 주희를 먼저 댄스학원에 다니게 하면 어떻겠냐고 말씀드렸다. 그렇게 주희는 학교가 끝나면 댄스학원을 가서 신나게 춤 연습을 했다. 장차 세계에 우리나라를 널리 알리는 아티스트의 탄생에 내가 이바지할 수 있다는 생각에 나는 벌써 설레어 있었다. 하지만 신께서는 무심하게도 그런 주희를 본래 주희가 있던 별로 다시 데려갔다. 아니, 내 잘못 때문에, 내 탓이야. 내가 미리 알고 있어야 했는데, 그래야 했는데.

'선생님 잘못이 아니에요. 사고였을 뿐인걸요.'
주희가 말한다.
'이제는 용서해. 모두를. 모든 것을. 네 잘못이 아니야.'
스쳐가는 바람이 말한다. 할머니가, 엄마가, 아빠가, 선생님이, 외계인이, 연희가 말한다.

온몸이 떨려온다. 눈물이 터져 나온다. 슬픈 감정이 나를 집어삼킨다. 아니, 이건 슬픔이라기보다는 일종의 감동 같은 것이 파도처럼 나를 덮친다. 내겐 아무것도 없지만, 그렇기에 파도에 몸을 맡겼다. 겁먹을 것이 없다. 피하지 않는다. 얼마간 나를 만신창이로 만들어도 좋다. 비도 내려라, 바람도 불어라. 뭐든 좋으니 내가 더 시원하게 게워낼 수 있도록 더욱 큰 걸음으로 나를 짓밟아주어라.

"고마워. 어떻게 고마운 마음을 전해야 할지 모르겠어. 내가 가진 언어로는 도저히 표현할 수 없어." 나는 몸을 차분히 진정시키고 외계인에게 말했다.

"네가 지금 고마워해야 할 사람은 내가 아니야. 빨리 가봐야 할 곳이 있는 것 같은데." 외계인은 이렇게 말하고서 내가 입고 있는 가죽 재킷의 앞주머니를 툭툭 쳤다.

주머니 안에는 종이가 들어있었다. 어제 외계인이 건네준 종이다. 확인해 보지 않았는데, 어렴풋이 기억이 났다. 종이에는 웬 전화번호와 주소가 적혀있었다. "이게 뭐지?" 내가 물었다.

"궁금하면 직접 전화해 보고, 직접 찾아가 보면 되지. 그쪽에서 원하지 않았다면, 이걸 네게 전해주지도 않았을 거야. 슬슬 다리가 아프네. 나는 그만 집으로 돌아가서 잠을 좀 더 자야겠어. 먼저 들어간다." 외계인은 이렇게 말하고는 몸을 틀어 방향을 자기 집 쪽으로 돌려 걸었다.

"뭐야, 이렇게 갑자기?" 나는 당황스러워 그에게 물었다.

"빨리 전화부터 해봐, 시간이 얼마 남지 않았을 수도 있으니까. **좋은 날**이었어. 그럼, 안녕." 그는 뒤도 돌아보지 않고 집을 향해 걸으며 말했다. 마치 나를 돌아보면 안 되기라도 하는 것처럼.

나는 얼마간 멀어지는 외계인의 뒷모습을 지켜보다 휴대폰으로 종이에 적힌 번호에 전화를 걸었다.

"여보세요"

남자가 전화를 받았다.

"예약자분 성함이?"

"이로하 입니다."

"네 확인 되셨어요, 5시까지 와주시면 됩니다. 늦으시면 안 됩니다."

남자는 그렇게 말하고는 전화를 뚝 끊어버렸다.

갑자기 상황이 또 이상하게 흐르는듯 싶지만, 아무럼 어떠할까. 나는 곧바로 도로에 가서 택시를 잡아 기사에게 종이에 적힌 주소지로 가달라고 부탁했다. 기사는 대답도 하지 않고 곧바로 출발했다. 그렇게 20분 정도를 달려 택시는 어느 주택단지 앞에 멈춰 섰다.

"저기 파란 지붕이 종이에 적힌 주소지입니다. 차로는 더 이상 들어갈 수 없겠군요."

기사는 검지손가락으로 지중해 크레타 섬의 집들을 연상케하는 파란 지붕의 집을 가리키며 말했다.

"감사합니다. 좋은 하루 되세요." 나는 계산을 하고 택시에서 내렸다.

좁은 언덕길을 올라 파란 지붕의 집 앞에 도착했다. 대문이 열려있다. 손목의 시계를 확인해 보니 아직 시간은 오후 4시 47분. 다행히 약속한 시각에 늦지는 않았다. 나는 전화를 받은 남자를 찾을 겸 나는 대문 안으로 슬쩍 들어가 보았다. 대문 안에는 마당이라고 하기는 애매한 화분을 몇 개 놓을 만한 작은 공간과 현관문을 가는 낮은 계단이 2개가 있었다. 그냥 오래된 집이었다. 숙박업소로 쓰는 것도 아닌 것 같고, 평소에 누군가가 사는 것 같은 흔적이 보인다. 집 창문이 열려있다.

나는 아까 그 번호로 다시 전화를 걸어보았다. 신호음은 가는데 전화를 받질 않는다. 잠깐동안 주거침입을 위장한 신종 사기 수법이 아닌가 하는 생각이 들었다.

도대체 무슨 상황일까 하고 생각하는데, 열린 집 창문에서 익숙하고 정감 있는 향기가 새어 나왔다. 나는 나도 모르게 계단을 올라 현관문을 열고 집 안으로 들어갔다. 신호음은 계속 가고 있다. 이쯤 되면 수신 거부 음이라도 들릴 법도 한데, 신호음은 지치지 않고 계속 간다. 얼떨결에 무단 침입을 하게 된 집은 제법 감각이 있는 인테리어로 꾸며져 있다. 벽지 색도 내가 맘에 들어 하는 색이고, 그런데 전화는 도대체 언제 받는 걸까? 나는 앞에 보이는 노란색 패브릭 소파에 앉았다, 눈이 감겨온다. 오늘 잠을 충분히 못 자기는 했는데……

두루루루……두루루루……

--. --- --- -.. -.. .- -.--

--. --- --- -.. -.. .- -.--

--. --- --- -.. -.. .- -.--

--. --- --- -.. -.. .- -.--

--. --- --- -.. -.. .- -.--

--. --- --- -.. -.. .- -.--

"언제까지 자려고 그래, 도대체?"

어떤 여자의 목소리와 함께 나는 눈을 떴다.

나는 앉아서 잠들었던 노란색 패브릭 소파에 누워있었고,
내 몸은 추위에 떨고 있었다.

"보일러 수리는 아직이야? 이러다 우리 얼어 죽겠어. 뭐야,
추워 죽겠는데 가죽 재킷 하나 걸치고 밖에 나갔다 온 거
야?" 여자가 내게 투덜거리며 말했다.

연희다. 내 눈앞에 연희가 있다. 내가 사랑하는 여자. 그녀
가 입고 있는 옷 여기저기에 회색 돌가루가 묻어있다. 작업
실에 다녀오는 길인가 보다. 소파 앞에는 귤 한 박스가 놓여
져있다. 나는 어이가 없어 웃었다.

"뭐야, 왜 이래? 오늘 무슨 재미난 일이라도 있었어?"

연희가 이상하다는 듯이 나를 보며 물었다.

"아니, 그냥 **좋은 날**이잖아."

정말 좋은 날이다. 이게 꿈인지, 현실인지는 중요하지 않다. 아니, 이제는 그냥 아무래도 좋다고 생각했다. 나는 지금 행복하다. 꿈이라면 행복한 꿈을 꾸고 있는 것이고, 현실이라면 내가 바라는 현실을 살아가고 있는 것이다. 이곳은 내가 태어날 때부터 할머니와 살았고, 지금은 연희와 살고 있는 우리집이다. 창밖에는 자그마한 눈이 여유롭게 천천히 내리고 있다. 날짜와 시간은 확인하지 않았다. 굳이 알 필요가 없었으니까. 지금 당장 내가 사랑하는 여자한테 까줄 귤만 있다면.

"오늘 진짜 이상하네." 연희가 말했다.

"아 참, 귤 까줄게" 로하가 말했다.

<"수성은 어땠어?" 그녀가 물었다.>

끝

좋은 날

저자 : 김세정

발행인 : 김세정

발행일 : 2025.02.22

발행처 : 바른세상

가격 : 12,900원

E-mail : rafsimons0418@gmail.com

IG : @sejung0418, @kimsejungarchive

ISBN : 979-11-989385-5-8